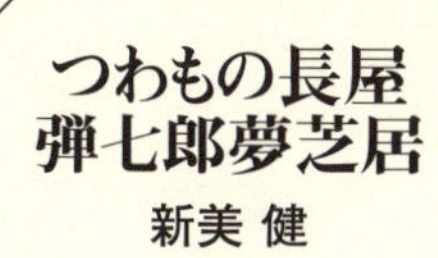

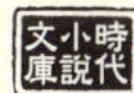

角川春樹事務所

目次

主な登場人物紹介

◉古町長屋の住人

弾七郎　元御先手組にして老役者。居酒屋〈酔七〉の隠居。

藪木（やぶき）雄太郎　藪木一刀流の元道場主で、隠居の老剣客。最近、後妻を娶る。

吉沢忠吉　町奉行所の元同心。喧嘩煙管（キセル）と捕縛術を得意とする家出隠居。

小幡源六　元幕臣の隠居。古町長屋の家主兼大家。

安西弥二郎　古町長屋に越してきた新参の隠居。御三家に繋がる秘密を持つ。

長部隆光　元は刺客だったが、現在は長屋の隠居たちに使われている剣士。

◉弾七郎の縁者

お葉　弾七郎の妻。人気戯作者。

洋太　弾七郎の養子。居酒屋〈酔七〉の店主。

川波冬馬（ふゆま）　百人町の鉄砲組所属。博打で鉄砲を取られてしまう。

荒木史郎　紀伊新宮の大名、水野家に仕える武士なのだが……。

◉藪木雄太郎の縁者

藪木勘兵衛　藪木道場の道場主。雄太郎の息子。

お琴　雄太郎の後妻。

◉吉沢忠吉の縁者

朔　忠吉の孫娘。男装の女剣士。

吉沢武造　忠吉の孫息子。

小春　忠吉の妻。元御庭番衆で柔術の達人。

藤次郎　地本問屋〈瑞鶴堂〉の店主。実は御庭番衆。小春の甥。

徳川治宝（はるとみ）　〈数寄の殿様〉と呼ばれる紀伊徳川家の殿。現在は家督を斉順に譲り隠居中。

第一話　品川宿の刺客

一

「なあなあ、お葉(よう)よぅ、いいじゃねえかよぅ」

弾七郎(だんしちろう)は、女房のお葉にせがんだ。

「お葉よぅ、お葉ちゃんよぅ」

我ながら、齢(よわい)六十を幾つも超えたとは思えない甘え声であった。しかも、女房殿は十五も年下である。この場を洋太(ようた)に見られれば、義父(ぎふ)の沽券(こけん)にかかわる醜態(しゅうたい)とさえいえた。

見た目からして、矮軀(わいく)な老人なのである。

昔は端正であった面長の顔は、人生という手荒な張り手を浴びて、ずいぶんとシワ深くなっている。眼の下には鍋底のお焦げのような隈がこびりつき、長い顎先だけが雄々しく尖っていた。

（なあに、気にすることたあねえ）

弾七郎は毅然として痩せた胸を張る。

（洋太の奴ぁ、〈酔七〉で酔い潰れてらあ。まだ下の店で寝てんだろう。おれに焼酎の呑み比べで挑むなんざ、百年はええ。ざまあ……いやいや、よかあねえぞ。店主がいなきゃ、誰が居酒屋を開けんだよ。おれか？　こちとら店を譲って隠居の身だ。そもそも、おれは役者が本来の生業じゃねえかよ）

考えがとっ散らかっているのは、まだ酔いが残っているせいであろう。焼酎は不思議と翌日に残らなかったが、それでも酒精は強烈である。毎晩のように、ときには昼間から呑んでいるのだ。

「だめですよぅ。あちきは忙しいんですよぅ」

お葉には、すげなく断られた。

が、そこで諦める道理もない。

たとえ世間様の道理がそうだとしても、あえて無茶を押し通すことが弾七郎の真骨頂である。

「ようよう、夏じゃねえか。おりゃ、暑いんだよ。こんな二階じゃ、おめえ、干物になっちまうぜ。じじいと大年増(おおどしま)の干物だ。酒のつまみにもなりゃしねえや。それとも、ふたりで仲良く七輪で炙(あぶ)られるかい？　そんなのあよぅ、なんとも哀(かな)しくてやりきれねえじゃねえか。ええ？」

「ああもう。まとわりつくんじゃないよ、暑苦しいね」

お葉は、まなじりを吊(つ)り上げて荒ぶった。

擦(す)った梅干しを眼で噛(か)んだように血走っている。一重のまぶたが疲労にたるんで二重となっていた。ろくに湯屋へもいってないようで、自慢の垂髪(すいはつ)がばさばさに乱れ、雨に濡(ぬ)れて生乾きになった犬の匂(にお)いがした。

「あちきが忙しいってのが、なんでわかんないんだえ？〈瑞鶴堂(ずいかくどう)〉の藤次郎(とうじろう)さんに急ぎで頼まれた読本(よみほん)が、まだできてないんだよ。えいな、品川でも補陀落渡海(ふだらくとかい)でも、勝手にいくがいいさ」

威勢よく啖呵(たんか)を切られた。

お葉は、売れっ子の戯作者(げさくしゃ)なのである。〈瑞鶴堂〉とは、いつも贔屓(ひいき)にしてくれている地本問屋(じほんどいや)であった。

「ようよう、ひでえ言い草じゃねえかよぅ」

　弾七郎は、ぐちゃ、と泣き顔になった。

　ここで引っ込むわけにはいかないのだ。こちとら劫を経た老役者だ。泣き真似くらいはお手の物である。

　お葉は、呆れ果てたような吐息を漏らした。

「おまえさん、なんでそこまで海が見たいのさ」

「そ、そりゃ、おめえ……」

　弾七郎は口ごもった。

　蒸し暑く、寝苦しい夜がつづいたせいか、厭な夢を見てしまったから――とは正直に吐けなかった。子供ではないのだ。年甲斐もないと馬鹿にされるだけである。

　舞台の上で台詞が出てこない。

　そんな悪夢であった。

　役者にとって、これほどの恐怖はあるまい。

　何年役者やってると思ってんだえ。

　冷や汗をかきながら、弾七郎は胸のうちで吠えた。舞台の端から端っこまで、眼をつむって歩いても転げ落ちる心配はねえ。とんぼを切るのもたやすいさ。客席にむけて立ちしょんべんだってできらあ。

だが、悪夢の中で、客席はしんと静まり返っていた。

死んだ魚のような眼で、哀れな老役者をじっと眺めている。罵声を浴びせてくれたほうが、どれほどありがたかったか……。

(黙って見てるだけって法があるかい!)

見世物小屋の人形ではないのだ。

泣きたかった。泣いていた。涙がこぼれた。止まらなかった。とめどもなく流れ落ちた。悔しくて、悔しくて、胸が張り裂けそうで、子供のように泣きながら地団駄を踏みまくった。

寝床で跳ね起きたとき、弾七郎はびっしょりと汗まみれであった。

「だからよぅ、夏なんだよぅ」

俗に、夢は五臓の疲れからくるという。

使い減りした老体なのである。厳しいのは冬ばかりではない。暑気は頭を朦朧とさせ、歳とともに細くなった食欲を萎えさせ、なけなしの気力と体力を飴のように溶かしてしまう。

毎年、命がけで夏を越しているのだ。

景観のよい行楽先で涼を得たいものだ。

がっつり呑んで、たっぷり遊んで、すっきり吐かなければ、悪夢の残滓をふり払えそうになかった。

「まったく、わけのわかんない人だねえ……」

女房でさえ、さすがに理の埒外であったようだ。

（けっ、戯作者なんざ、哀れな生き物じゃねえか。人様が楽しむべきときに楽しむことさえできねえときたもんだ）

すねた弾七郎は、胸のうちでこっそり悪口をつぶやいた。

しかたなく――。

弾七郎は、継ぎのあてられた着物姿でふらりと通油町を出ると、神田の古町長屋に寄ってから、てれてれと半日かけて品川宿まで歩くことになったのだ。

せっかくの行楽である。

古町長屋で隠居している悪友どもを誘おうかと思いついたが、こんなときにかぎって、ふたりともつかまらなかった。

悪友のひとりは、藪木雄太郎という老剣客である。

本郷の剣術道場を息子に譲った隠居剣士で、この春には三十年増の女と所帯を持った大男の好色爺だが、なぜか身重の女房を放ったらかしにして釣りに出かけ、はや幾日も長屋に帰っていないらしい。

もうひとりは、元同心の忠吉だった。お役目を息子に継がせて気楽な隠居をはじめ、長屋へ移って老人の孤高を楽しんでいたようだが、どういうわけか復縁した古女房に手を引かれて八丁堀の同心屋敷に戻ったままなのである。

気心の知れた老三匹で、ちょいと品川まで繰り出して騒ごうかというときに、なんとも友垣の甲斐がないことであった。

古町長屋には、弾七郎が収集した読本を置くために借りた部屋はあったが、そこに引きこもるのも業腹だ。

だから、老骨の意地をもって行楽するのである。

品川は、いわずと知れた東海道五十三駅のはじまりである。板橋宿、内藤新宿、千住宿と並び称される四宿のひとつだ。日本橋から二里(約七・八キロ)のところにあり、東海寺の南を流れる品川で南北に分かれている。

参勤交代の大名行列でにぎわい、公用の伝馬も往来し、旅の商人などが泊まる旅籠屋も軒を連ねる盛り場であった。

旅籠屋には、飯盛り女がいる。色を売る女である。幕府公認の遊廓ではないから、〈遊女〉ではなく、岡場所の〈女郎〉だ。品川では、内藤新宿と同じく三味線の芸妓を置くことも許されていた。

着いたころには、夕暮れが迫っていた。

品川はひさしぶりだが、一見で飛び込んでも、すぐに溶け込めるのが弾七郎の特技である。他の客を巻き込んで陽気に呑み騒ぎ、気がつくと弾七郎の眼が酔いで据わってくる。誰かれとなく絡みはじめる。ときには喧嘩をする。おかげで、江戸市中で出入り禁止になった居酒屋は数知れずであった。

さっそく居酒屋を物色した。

女はいらねえ。

そっちの色は抜きだ。

地元の呑み介が集まりそうな裏路地の一軒に狙いを定める。表通りの店は、野暮な田舎者が目当てだと決めつけている。

ところが――。

弾七郎がのれんをくぐるや、一天にわかに掻き曇り、桶をひっくり返したような雨がふりはじめた。

風も強い。

嵐(あらし)であった。

こんな夜に、外で遊ぶ酔狂がいるはずもない。顔は厳(いか)ついが気性のよい居酒屋の主人も早々に商いを諦め、ふたりでしんみりと酌み交わし、そのまま泊めてもらうことになったのだ。

一夜明けると、嵐はきれいに通りすぎていた。

「おう、眼ン玉が吸い込まれそうな蒼天(そうてん)じゃねえか」

房楊枝(ふさようじ)を咥(くわ)え、弾七郎は背筋を伸ばした。

空には雲ひとつ見あたらず、居酒屋の戸を吹き飛ばしかけた荒れ模様が嘘(うそ)のように晴れ渡っている。

居酒屋の店主は、弾七郎の呑みっぷりが気に入ったのか、秘蔵の阿刺吉(あらき)酒をたんまりと出してくれた。そのせいで酔いのまわりがはやく、夜半の前には泥酔ののち沈没してしまったのである。

おかげで、早起きしてしまった。

朝から身を持て余した。

宿場町は目覚め、出立の旅人でごった返している。さすがに朝から酒を呑む気にはなれず、さりとて釣りも好きではなかった。

寺社へのお参りも、若いころからさんざんやって、いまさらである。

「おっ、そうだ」

ふと思いつき、居酒屋の店主に泊めてもらった礼を述べてから、海岸で河豚でも打ち上げられてないかと足をむけた。

『つまらないものを拾ってこないでくださいね』

女房や養子から、よくそんな小言をもらう弾七郎である。

たしかに、ちょいちょい拾い物はする。たいていは酔っているときだ。目覚めて長屋のひと間に迷い牛がいたときには、さすがの老役者も肝を潰したものであった。

ともあれ、もう酒は抜けているのだ。

弾七郎は、美味いものが食べたかった。

夏のどぜう鍋も格別だが、品川くんだりまできて、それでは芸がない。ここは品川河豚といきたいところだ。河豚は冬のもんだというが、知ったことではない。いま食べたいのだ。

〈五十にて　河豚の味を知る夜かな　河豚食わぬ奴には見せな富士の山〉

小林一茶もそんな句を残している。

（小林一茶は、さすがに粋人だ。それほど〈てつ〉は美味えんだよなあ）

河豚のことを〈鉄砲〉と呼び、それを略して〈てつ〉という。食べると当たり、死ぬことが多いからであった。

死を忘れさせるほどに美味で、運悪く当たった武家は『主家に捧げなければならない命を、己の食い意地で落とした輩』として、家名断絶などの厳しい処分で戒められていた。

だが、いまの弾七郎は、気楽な町人なのである。

鉄砲も河豚も大好物であった。

河豚や河豚とつぶやいて歩き、だんだんその気になってきた。最後に食べたのは、いつであったか。上方にお葉と駆け落ちしたときだろうか……。

橋を渡って、兜島に踏み込んだ。

南北で三町二十間（約三百六十三メートル）、東西で二十間（約三十六メートル）ほどの崎だ。漁師しか住んでいない町で、その先端には小さな神社がある。

海辺からは房総の山々を眺められる。

爽やかな景観であった。

桜も菜の花の季節も終わっているが、海から吹いてくる風は涼しい。

「おお？」

神社近くの船着き場で、岸辺に流れ着いた木箱を見つけたのだ。

「ほれみろい！　旅に出ると、よいことがあるもんだ」

弾七郎は、はしゃぎながら木箱を石段に揚げた。

ところが、蓋を開けてみて、

「おりょ……？」

と眼を見開いた。

河豚ではなく、本物の鉄砲を拾ってしまったのだ。

二

「忠吉よ、長屋に戻っておったのか」

藪木雄太郎が、釣果もないまま竿を担いで古町長屋に帰ると、古い悪友がぼんやりと井戸端に佇んでいた。

「ああ、雄さんかい」

忠吉は、ばつが悪そうな顔でふり返った。

道理と分別を好む町奉行所の元同心で、いまは小粋な隠居町人といった風情だ。いつも姿勢がよく、中肉中背の老軀をしゃんと伸ばしているのだが、なにがあったのかうなだれたように背中を丸めていた。

「八丁堀の屋敷を出てきたのか？」

「いやなに……」

忠吉は口ごもった。

またぞろ家出でもしたのか、と雄太郎は訝しんだ。

忠吉は隠居したのちに同心屋敷を出て、長屋でひとり暮らしをしていた。が、わけあって元の女房と復縁し、ふたたび長男一家との同居に戻ったが、武技に長けた女房の指導に堪えられず、這う這うの体で長屋へ逃げ込んだのは、この春先のことであった。

しかし、そのあとは、わざわざ長屋にまで迎えにきた女房の小春に手を引かれ、同心屋敷へ連れ戻されたはずであった。

出たり入ったりと、腰の落ち着かない隠居である。

「それが、わしにもとんとよくわからなくてな。小春めに、しばらく帰るなと追い出されてしまったのだ」

　忠吉は、途方に暮れている様子であった。

　そんなことより、と雄太郎に矛先をむけてきた。

「お琴さんが心配していたぞ。身重の女をひとりでほっといて、どこへいっておったのだ。釣り好きもたいがいにしておけ」

　そうか、と雄太郎は太い首をかしげる。

「大事な身体なのだから、せがれの道場で世話になっておれと申したのだが、お琴もあれで頑固だ。身重の女とは、なにかと面倒なものだな」

「なにをいっておる。雄さんが発奮したから身重になったのではないか」

「うむ……」

　雄太郎が口ごもる番であった。

　釣りに出ていたのは、めでたく孕んでくれた後妻のお琴に、なにか精のつくものでも食べさせてやりたいと思ったのだが、季節が悪いのか、まったく竿先にあたりがなかったのだ。

　代わりに妙なものを拾ってしまった。

「忠吉、それはあとまわしだ。うむ、ちょうどよいところに戻ってくれた。おぬしに相談したいことがある」

「相談ってのは、その若いもんのことかい？」

「そうだ」

雄太郎の背後に控えていた若い武家が、おずおずと忠吉に挨拶をした。

「……川波冬馬と申します」

歳は二十あたりか。犬のようにつるりとした顔をしていた。身なりからして、微禄の貧士といったところであろう。右の耳を悪くしているのか、人の話を聞くときに顔をやや左に傾ける癖があるようだった。

「わしは吉沢忠吉という隠居爺だ。で、そのお武家さんがどうしたというのだ？」

「川に身投げしようとしていたのだ」

雄太郎が、そう答えた。

「死のうとしたと？」

「なにやら仔細があるようでな」

「どのような仔細だ？　話してみよ」

忠吉は訊ねたが、冬馬は青白い顔をうつむかせ、固く口を閉ざしている。

雄太郎と忠吉は、互いに顔を見合わせた。

「忠吉、こういう次第だ」

「それではわからぬよ」

「わしにも話そうとはせんのだ。かといって、そのまま放っておくわけにもいかず、ひとまず長屋へ連れてきた」

「ああ……吐かせるのは、わしの役目ということだな」

「頼む」

元同心の性であろうか。さきほどまでしょんぼり顔であった忠吉が、たちまち眼に強い光を宿しはじめた。

「川波殿、悪いことはいわぬ。有り体に白状してみることだ。我らも口が軽い方ではない。たとえ恥を知られたところで、先行き短い爺どもさ。まあ、あんたが死んだところで、なにがどうなるわけでもなかろう。かえって家名に傷がつき、残された家族が困るだけのこと――」

などと、忠吉は好々爺のように眼を細め、とても尋問とは思えない優しい声で滔々と口説き文句を綴っていく。

（さすがに手慣れておるわい）

口の重い雄太郎としては、感心するほかなかった。

川波冬馬も、巧みに情を織り交ぜた忠吉の文句にほだされたか、それとも自棄になっていたのか、あるいは本音では誰かに頼りたくてしかたがなかったのか、ようやく観念したように口を開いた。

川波は、百人町の鉄砲組だという。

鉄砲の腕に優れた同心百人を一組とし、平時には四組交替で江戸城大手三之門の護りとして詰め、将軍が日光東照宮などを参詣するときには山門前での警護にあたる大事なお役目である。

ところが、この若者は博打好きであるらしい。しかも、弱い。横好きにもほどがあるという体たらくであった。

おかげで、家宝として御家に伝わってきた鉄砲を博打のカタにとられてしまい、もはや死んで祖先にお詫びするしかないと思い詰めているのだ。

仔細としては馬鹿らしい。

だが、こういうときに眼を輝かせてしまうのは、暇を持て余している隠居老人たちの悪い癖であった。

「雄さん、これはなんとか助けてやらねばなるまいよ」

「なるまいな」

なんのことはない。親切の押し売りをしたいだけなのだ。

ともあれ、

「賭場（とば）に鉄砲とくれば、これは弾七の出番であろうよ」

と雄太郎は断じた。

「弾七、おるか？」

雄太郎は声をかけ、無遠慮に戸を開け放った。

部屋の中は、堆（うずたか）く積み上げられた古書でかび臭い。

弾七郎は、若いころに武家株を売って役者となった変わり者だ。芝居と同じくらいに読本を愛し、長屋のひと間を読本のために借りて、帰るのも面倒だからと住み着いた自他共に認める書痴であった。

「……お？」

弾七郎は、惚（ほう）けた声を出してふり返った。

シワ深い面長の顔はいつもと変わらないが、その眼はとろんと蕩（とろ）け、枯れ枝のような手が長細い鉄筒を愛（いと）しそうに抱え込んでいた。

「弾さん、それは鉄砲ではないか？」

忠吉が訊ねると、弾七郎の眼が後ろめたそうに泳いだ。

「お、おう……品川で拾ってきたんでい」

「鉄砲にしては妙な形だが」

雄太郎も眼を細めてじっくりと眺めた。

火縄銃にしては、やたらと細長い。しかも、銃身を固定する木床の後ろが徳利（とっくり）のように大きく膨らんでいる。

「て、鉄砲？　拾った？」

川波が眼の色を変えて乗り出した。博打でとられた家宝の代わりに借りられないかと思ったのかもしれないが、

「ああ、気砲でしたか……」

と気落ちして、ふたたびうなだれた。

「なんでえ、その若え（わけ）のは？」

弾七郎は、胡乱（うろん）そうに若者を眺めた。

「だが、よく知ってんな。たしかに、ただの鉄砲じゃねえ。〈気砲〉ってんだ。こりゃあ、火薬を使わねえ。ほれ、後ろンとこが瓢箪（ひょうたん）みてえに空洞で、そこに空気をせっせと押し込むんだ。空気だって、こんな狭（せめ）えところに押し込まれたらたまらねえさ。

なあ？　んで、その勢いを使って、一匁（約七・五グラム）の玉を発射すんだよ。どうでえ！　すげえだろう！」

弾七郎は、老顔を猿のように紅潮させてまくしたてた。拾ったことに後ろめたさはあっても、誰かに自慢したくてしょうがなかったのであろう。

その昔、和蘭陀国が幕府へ献上した変わり種の西洋銃であったが、長らく死蔵されているうちに壊れていたものを鉄砲鍛冶で名高い国友村の名工が見事に修繕し、それが評判をよんで全国の諸大名から注文が殺到したという。

安くても三十五両はする大名道具だ。

だが、火を使わず、銃声がないことで暗殺に適していると思われたのか、文政三（一八二〇）年には幕府が禁止令を出している。

弾七郎の言を信じるとすれば、嵐が通りすぎた品川の岸に打ち上げられていたらしい。大名の船が沈んだかして、荷が流されたのだろう。

「だが、弾さんよ、それは町人が持っていてよいものでもあるまい」

忠吉が、正論で咎めた。

「か、返さねえぞ！」

「いや、しかしな……」

「やだいやだい！」

気砲を抱きしめ、弾七郎は子供のように駄々をこねた。

「わかった。ならば、こうしようではないか」

雄太郎が苦笑しながら提案した。

「弾七よ、その気砲とやらの隠匿を黙ってやる代わりとして、ちと手伝ってもらいたいことがあるのだ」

「……手伝うだあ？」

弾七郎は、用心深く眼を光らせた。

三

川波冬馬をひとまず家に帰した。

その翌日――。

夜の帳が降りたころ、三匹の隠居どもは〈酔七〉に集った。

弾七郎が、養子の洋太に譲った居酒屋である。

間口八尺（約二・四メートル）、奥二間（約三・六メートル）。じつに狭い。

小上がりという洒落たものはなく、そのあたりで拾ってきたと思しき薄汚れた床几やひっくり返した桶に客は肩をぶつけるようにして座るのだ。

たいした肴も出ないが、酒だけは美味かった。常陸や下総の酒を加水で薄め、さらに焼酎を秘伝の比率で混ぜて酒精を補っているらしい。頭の後ろに、ずんとくる酔い心地であった。

「荒木史郎というお武家は、紀伊新宮の大名……水野家の家臣であったよ」

まずは忠吉から話をはじめた。

荒木史郎は、川波冬馬から鉄砲を奪ったという武士であった。川波も素性をよく知らないらしく、手分けをして調べることになったのだ。

出会いは、大久保にある鉄砲場からの稽古帰りであったらしい。川波が茶屋でひと休みしていると、荒木に声をかけられ、互いに鉄砲で主君に仕える家だということで意気投合した。

やがて、的を当てるには運も大事である、という話になったところで、荒木が賭博への誘いをかけたということであった。

荒木はよほど話術が巧みであったらしく、どこの家中であるかをはぐらかしていた。というより、川波が世間知らずであったのだろう。

忠吉が、その茶屋にあたってみたところ、荒木の素性はあっさりと判明した。主人は、荒木が茶屋の馴染客である紀伊徳川家の家臣と話しているのを、聞くともなしに聞いていたのだ。

荒木という男も、人を欺くにして用心が足りない。

「それより詳しいことは、まだわからないがな。江戸にきて、日が浅いのではないかな。そんな気がする」

「紀伊か……」

雄太郎が、こきりと太い首を鳴らした。狭い居酒屋が、老剣客の巨軀によって、さらに窮屈さを増している。

紀伊は徳川御三家のひとつ紀伊徳川家が治める国だが、三匹の隠居にとっては、まんざら縁のないわけでもなかった。

紀伊新宮の主は水野忠啓で、紀伊徳川家の御附家老としてかなりの権勢を誇っている。石高は三万五千。まずまず立派な大名である。が、あくまでも紀伊徳川家の家臣に甘んじ、幕府も大名とは遇していなかった。

「わしは、川波がカモにされたという賭場の中間部屋を探ってみたが、どうにも評判の悪いところであったな。中間どもが結託して、カモを見つけては身ぐるみ剝がすといった手合いだ」

「いかさま博打かよ」

賭博好きの弾七郎が、けっ、と吐き捨てた。

雄太郎はうなずく。

「だが、証はない」

「ともあれ、川波はハメられただけなのだろう。ならば、その中間どもを捕まえて締め上げてみるか」

忠吉の言葉に、雄太郎はかぶりをふった。

「それどころではないようだ」

「どういうことだね、雄さん？」

「誰かが役人に密告したのか、その中間部屋に手入れがはいったらしくてな。中間が刃向かって幾人か死んだようだ。川波にしても、そんなところに出入りしておったのだ。いまさらお上に訴え出るわけにもいくまい」

「しかし、はじめから巻き上げるつもりであれば、もっと羽振りのよい獲物を選ぶだろう。川波家は、それほど裕福なのか」

「いや、百五十石の微禄だ」

「百五十石ならば、まずまずではないか」

　忠吉には、いまいち納得できなかった。

　同心などは、二十石や三十石の貧士がほとんどである。そのぶん、商家からの袖の下で帳尻を合わせているのだ。

　それに答えたのは、弾七郎であった。

「鉄砲ってのは、玉や火薬でなにかと金がかかんだよ。家宝の鉄砲がある家にしたって、まあそんなもんさ」

「ふむ、なるほどな」

　忠吉は得心してうなずいた。

　荒木の狙いは、鉄砲そのものなのだろう。賭博で家宝を失ったとあれば、お家断絶も充分にある。下手をすれば切腹ものだ。川波家が届け出をする気遣いはなく、荒木は出所がわからない鉄砲を首尾よく手に入れたことになる。

「で、弾さんのほうはどうだった？」

　忠吉は、しゃくれ顎の老役者に訊いた。

「ああ、昔の同門に会ってきたさ」

　芝居に身を投じる前の弾七郎は、御先手組に属していたのだ。いざ戦となれば、弓や鉄砲を手に先鋒を務めるお役目である。

「だがよう、荒木の奴ぁ、江戸じゃ砲術を習ってねえようだな。どの程度の腕かはわからんが、紀伊で鉄砲を知ったのはたしかだ」

「江戸にきて日が浅い……か。忠吉の勘とも符合するな。ただ、江戸の新参者が賭場の破落戸と手を組むのは、ちと妙な話ではないか。悪党というものは用心深い。新顔と、そう易々とは手を組まないものだ」

雄太郎の疑念に、忠吉が答えた。

「誰かが仲介したのだろうさ」

「忠吉、それは紀伊徳川家の家臣ということか？」

「かもしれん」

「まあ、それも妙だがよう……」

と弾七郎が、さらに疑念を投げ込んだ。

「そもそも、なんで荒木は鉄砲をほしがるんだ？　しかも、幕府に足がつきにくい代物をよ？　売って金儲けってわけじゃねえ。刀とちがって、素性の怪しい鉄砲を商人が扱うわけねえからな」

なんともきな臭い流れだ。

思ったより事件の根はひろく、怪しげなところに繋がっているのかもしれない、と忠吉は気を引き締めた。

「それにしても……」

「ああ、また紀伊の絡みだ」

「紀伊なあ……」

そろって顔を見合わせた。

三匹の隠居たちは、心ならずも紀伊徳川家の派閥争いに巻き込まれ、凶悪な刺客一味と壮絶な死闘を強いられた悪縁があったのだ。

「詳しいことは当の荒木に訊くしかあるまいがな」

「忠吉、水野家の江戸屋敷を見張ってみるか？」

「雄の字よぅ、そりゃ、まだるっこしいぜ」

「だが、ほかに手だては……」

「紀伊徳川家の家臣殿に荒木のことを問いただす手もあるが、ただ馴染というだけで茶屋の主人も名前は知らないようだったな。それに、お武家となると、よほどのことがないかぎり、なかなか手は出せん」

人助けの名目があるにせよ、無茶なことはできない。隠居にも家族があり、そちらに迷惑をかけることは意地でもできなかった。

三匹の眼に、じわりと面倒臭さが滲みはじめていた。歳をとると、かっと頭が沸騰はしても、その熱を長くは保てない。しょせんは人事。そもそも、川波の自業自得ではないか……。

そのとき、

「もうし……ちとよろしいか？」

後ろから、遠慮がちな声がかかった。

三匹がふり返ると、床几の端にちょんと腰かけて、ひとり呑みを楽しんでいる風情の老人がにこにこと笑っている。

「おお、安西殿ではありませぬか。このような居酒屋におられたとは、まったく気づきませぬで。これは申し訳もありませぬ」

雄太郎が、居住まいを正して頭を下げた。

「いやいや、藪木殿。こちらこそ、おくつろぎのところを邪魔してしまったようで、まことに申し訳ない」

安西と呼ばれた小柄な老人も頭を下げてきた。

歳は七十より下るまいが、肌はツヤツヤと輝き、いかにも福々しい顔立ちだ。物腰はおっとりと穏やかで、身なりにも控えめな品があり、どこかの家老でも務めていたかのような貫禄さえある。

「雄の字、このような居酒屋ってなあ、どういうこった？　ええ？」

弾七郎の眼が険を帯びた。

いつのまにか、こちらも酔いがまわっていたらしい。

「許せ許せ、弾七よ。言葉の綾だ」

安西は、忠吉と弾七郎に微笑みかけた。

「わしは安西弥二郎と申す。古町長屋に越したばかりの新参隠居にて、よしなにお願い申し上げる。藪木殿から、ここは気のおけないところだと聞きましてな。わしもすっかり気に入り申した」

「そ、そうかい……？」

弾七郎も、まんざらではない顔をした。

「安西殿、こちらこそよろしゅうに。ところで……」

忠吉が話の水をむけると、安西は照れ臭そうに頭をかいた。

「人の話に首を突っ込むようで汗顔の至りながら、この歳になると、なぜか好奇心が強くなってしまうようで……さきほどから、聞くともなしに……いや、じつは長屋の壁越しに、そなたらの話を聞いてしまいましてな。どうですかな。水野家には、わしもツテがある。その荒木 某のことは、こちらで調べてもよろしいか？」

「ほう……」

「ふむ」

と忠吉は雄太郎と顔を見合わせた。

いかにも怪しい。

長屋の壁が薄いとはいえ、そこまで筒抜けになるはずもない。ことがことだけに、忠吉も雄太郎も、小声で話をしていたのだ。

「おっ、そりゃいいや！　頼もうぜ、おい！　忠吉っつぁん、雄の字よぅ！」

あんたのせいか、と忠吉は深く得心した。

役者だけあって、これだけ地声が大きければ、長屋の薄い壁ではあえて聞き耳を立てなくとも聞こえてしまうだろう。

（だが、どうする？）

古町長屋の大家は、なかなかの食わせ物だ。ひと癖もふた癖もある住人ばかりを好んで長屋に入れているが、それだけに素性の怪しい者を紛れ込ませるほどのお人好しではないはずであった。

「おう、無駄話はしめえだぜ。じじいの話は長えからな」

弾七郎は、本腰を入れて呑みに移っていた。

「うむ……だが、じじいの夜は短い」

雄太郎がうなずき、忠吉も肚を決めた。

「では、お願いしようか」

「はいはい。これで、わしもお仲間ですな」

安西は、にこにこと笑っていた。

四

安西老人は、見た目よりも素早く動いてくれた。

水野家の〈ツテ〉に探りを入れたところ、荒木史郎という家臣は、国元から江戸にきたばかりの鉄砲名人だということがわかったという。しかも、水野家の江戸屋敷に滞在せず、目黒の小寺に寄宿していたらしい。

そのあたり、やはり怪しさが濃く漂う。

さっそく、忠吉が張り付くと、ちょうど荒木が小寺を退去するところであった。もちろん、あとを追跡した。荒木は旅支度で、肩には鉄砲を入れたらしい布袋を担いでいた。

たどり着いた先は、なんと品川宿である。

このまま江戸から出るつもりなのか、と忠吉は疑ったものの、鉄砲を担いだまま関所を通ることもできまいと考え直した。

そこで、荒木が入った旅籠屋をたしかめると、急ぎ古町長屋へとって返し、雄太郎と弾七郎を連れて、ふたたびに品川へ戻ったのだ。

なぜか安西もついてきた。隠居の火遊びを満喫したかったのだろうか。こちらも隠居ではあったが、血気盛んな暴れ爺の三匹である。安西を旅籠に押し込めてから、荒木の周囲を探りまわった。

そして、鉄砲による暗殺だと見極めた。

根拠は、なんとなくだ。年月が練り上げた勘といってもよい。

荒木はひとりで二階のひと間を占拠し、さりげないふりをして、幾度となく表通りとの間合いを慎重にたしかめていた。

ここで撃つつもりなのだろう。

鉄砲好きの弾七郎も、

「ありゃあ、猟師の眼だぜ。鳥か獣のように仕留める気でいやがる。ああ、それしか考えられねえよ」

と断言していた。

翌日、いよいよ獲物が到着したらしい。

剣客の雄太郎は、荒木から漏れる殺気を肌で感じていた。


品川宿の夜は、白々と明けていた。

曇り空であった。

とはいえ、雨の気配はなく、風も穏やかだ。

絶好の狙撃日和である。

荒木史郎は、旅籠屋の二階から、東海道を見張っていた。もとは布団部屋であったのか、狭い小間である。それでも、ふたりは泊まれそうであるが、宿賃を上乗せして相部屋は断っていた。

その手には、川波から奪った火縄銃が握られている。すでに玉と火薬は鉄筒に仕込まれ、火縄の先も赤々と灯っていた。

家宝というだけあって、よい鉄砲であった。からくりは滑らかで、銃身も真っすぐに伸びている。余計な飾りがないことも荒木の好みであった。秘(ひそ)かに試し撃ちをしてみたが、驚くほどに命中する。

　これならば、四十間でも外す気遣いはない。

　川波という若者には悪いことをした。詫びてどうなるというものではない。が、大義のためにはしかたがないことであった。荒木が使うはずであった鉄砲が、手違いで届かなかったのだから……。

（あの気砲さえあれば、これほど危ない橋を渡らずともよかったが）

　火薬を使わず、大きな音もない。獲物の死によって往来が大騒ぎとなっても、こちらは安全なところまで逃げ切ることができたはずだ。

　ただし、二匁の玉では遠くの的には届きにくく、さらに人を死に至らしめることも難しいかもしれない。この火縄銃は六匁だ。威力は充分であった。

　ようするに、獲物を仕留めたのち、首尾よく逃げられればよいのだ。

　荒木は僧体に着替えていた。

　表の混乱に紛れて、旅籠屋の裏から海側へと目立たずに抜ける算段である。まさか僧侶(そうりょ)が鉄砲を撃ったとは思うまい。

　しかも、品川は江戸の外れである。町奉行所の管轄(かんかつ)ではなかった。

たとえ捕まっても、それはそれでよかった。

荒木の主君が、この忠臣をお見捨てになるはずがない。その威光によって、なんなく解き放たれるはずだ。たとえ運悪く首をはねられたとしても、家族の面倒は見てもらえる約束になっている。

「きたか……」

むかいの二軒隣の旅籠屋から、撃つべき獲物が出てきたのだ。身分ありげな白髪の老武士だ。それを護る精悍(せいかん)な武士四人が、鋭い眼で街道の前後を油断なく見まわしている。

荒木は、ふっ、と火縄を吹いた。灰が飛び散り、先端が赤く燃え盛る。

鉄砲を構え、火蓋(ひぶた)を切った。

獲物の一行が歩いてくる。

荒木は、重い銃身を窓枠(まどわく)に乗せた。これならば狙いは乱れない。目当てを重ねた。

十五間まで近づけば撃ちごろだ。幾度も歩いて、その間合いは身に染み込ませていた。

当たる、と確信した。

そして、引き金を絞ろうとしたときである。

ばすん、と放屁(ほうひ)のような音が耳に届いた。

「……ぐ！」

荒木の右手が打ち砕かれた。

激痛に情けなく銃身が震え、火皿に盛った火薬をこぼしてしまった。

こちらが狙撃されたのだ。

（まさか……気砲！）

しかし、どこから？

音は、むかいの二階からした。

荒木は見た。ぞっとした。

小鬼のような老人が気砲を誇らしげに構え、しわくちゃな顔に邪悪な笑みを浮かべて、こちらを眺めていたのだ。

「──忠吉、ここだな」

背後で戸が開かれた。

「弾さんが巧くやったらしいな。さて、神妙にしてもらおうかえ」

ふたりの老人らしき声が聞こえた。

（こと破れたり！）

荒木に、ふり返る気力は残っていなかった。

五

「なんとも、あっさり片づいたものだな」

　忠吉は、ぼやく雄太郎を慰めるように猪口へと酒を注いだ。

「雄さん、捕物なんてのは、こんなものだ。講談ではあるまいしな。なに、そのほうが面倒がなくてよいではないか」

　一件落着であった。

　そして、せっかく品川くんだりまで足を伸ばしたのだからと、小奇麗な料理屋に上がって飲み食いを楽しんでいるところであった。

「忠吉よ、それにしても、わからぬことが多すぎるではないか」

　雄太郎は不満そうであった。

　荒木が誰を狙っていたのか、それをたしかめることはできなかった。

　武技に長けた護り役を引き連れた老人を撃とうとしたことはわかっているが、どうやらおしのびで江戸入りした大身武家の老人らしく、市井の隠居ごときでは正体を探る隙さえなかったのである。

では、誰の命令で撃とうとしたのか？

詳しいことは、役人どもが荒木に白状させることになるのであろうが、わかったところで、忠吉たちの耳に届きはすまい。

さらに、江戸に不案内なはずの荒木が、なぜ賭場の悪党と手を組めたのかという謎も残されていた。

「だから、そんなもんさ」

家宝の鉄砲は、川波冬馬の手に戻ることになるはずだ。隠居であるはずの安西が裏から役人に手をまわし、鉄砲は盗賊に盗まれたということにして、この大失態も表沙汰にはならないということであった。

手際のよすぎる処置に、忠吉と雄太郎は、いよいよ安西を怪しんだ。

ただの楽隠居とは思えない。

だが、古町長屋には、おのれが島左近だと信じている老浪人など、風変わりな住人には事欠かない。いまさら、もうひとり増えたところで、なにほどのことではなかった。

老いるとは慣れることでもあるのだ。

「雄さん、まあ呑みなよ。今夜のところは、こうして美味い酒を呑みながら、のんびりと赤子の名でも考えればよいさ」

「うむ……」

「いつ生れるのだったかな？」

「そうさな。秋あたりであろうよ」

今夜の遊興は、安西による大盤振る舞いであった。

隠居の遊び仲間に入れてもらえて楽しかったゆえ、その礼だと述べていたが、払うものを払うと先に長屋に帰ってしまったことも疑念の種であり、あるいはこの一件を口外すべからずという意味もあるのかもしれない。

弾七郎だけが、なんとも太平楽であった。

人の奢りをいいことに、浴びるように酒を呑み、芸妓の三味線を奪って弾き、唄って、踊って、いまは高鼾をかいて幸せそうに酔いつぶれている。

「しかし、忠吉よ」

「ん？」

「さすがに、あれはなんとかしなくてはな」

雄太郎は、老役者が敵娼のように抱きしめている気砲へ、白い無精髭にまみれた頑丈な顎先をむけた。

「……そうさな」

　やはり、町人風情が持っているべきではなかろう。大名の持ち物にちがいないのだ。隠居の遊びで済ませられるような些事ではなく、お上に知られれば、家族にまで累が及びかねなかった。

　ただでさえ、何挺か鉄砲を隠し持っている弾七郎なのである。

「だが、弾さんに手放せといっても無理であろう」

「駄々をこねような。後先考えずに暴れるやもしれぬ」

「若いころは、もっと思慮深い男だったんだがな」

　いまでこそ短慮と無分別が身上であるが、役者になる前の弾七郎といえば、口数が少なく、いつもむっつりと不機嫌な表情で、なにかとひとりで考え込む癖のある暗い若者であったのだ。

「うむ、どうしてこのようになったものか。武家を捨て、みずから狂言じみた生き方に徹するうちに、真の馬鹿に目覚めたのやら」

　雄太郎は、奇妙な生き物を眺めるような眼で、いぎたなく眠りこけている老役者の寝顔を見つめた。

「年寄りは無垢な赤子に戻るとはいえ……程度というものがあろうさ」

　忠吉も、酒臭い吐息を漏らした。

「しかし、よい夢を見ておるのであろうな」

「わしらには半端な結末でも、弾さんにはどうでもよいのだろう。よい玩具が手に入って満足といったところさ」

「夢か」

　雄太郎は、ふと遠くを見るような眼をした。

「この歳になると、うつつも夢もたいして変わらぬように思えてくるな。昔のことも、いまのことも、なにもかも夢であったかのようにな」

　忠吉にも、その思いはわかった。

「なら、誰の夢かね」

「誰の？」

「夢はひとりで見るもんだ」

「ああ、それは弾七であろう」

「なるほどな。偶然とはいえ、この騒動は弾さんだけに都合がよすぎる」

「うむ、夢であれば」

「そうだな。夢であれば」

老人ふたりは、静かにうなずきあった。

「たまにはお灸を据えてみるか」

どちらともなく、そうつぶやいた。

「お……おぅ……」

弾七郎は、窓から差し込む朝陽に眼をしばたたいた。

料理屋で呑んでいたはずが、いつのまにか旅籠屋に戻っている。気合いの入った酒飲みにはよくあることだ。しかし、身体が軽く、気分はよかった。よい酒を呑んだあとは、たいがいそういうものである。

だが、なにやら手元が寂しい。

「おり？」

弾七郎は、はっと身を起こした。

「お、おれの気砲はどこだ？　おい！　どこいったんだよ！」

部屋の中を駆けまわり、あっちもこっちもひっくり返して、ひとりで大騒ぎを演じていると、忠吉と雄太郎も寝床から身を起こしてきた。ふたりとも寝たりないのか、まだ眠たげに眼を細めている。

「弾さん、なんのことだ？」

「弾七よ、朝から寝ぼけておるのか……」

「なにをって、おめ！　気砲だよ！　ねえんだよ！」

ふあ、と忠吉はあくびで返した。

「また気砲の話かい。夢にまで見るとは、弾さん、よほどほしかったんだな」

「夢？　ばあろい！」

弾七郎は、くわっ、と歯を剝いた。

「んなことあるかい！　おれが品川で拾ってきた鉄砲がねえんだよ！　昨日は、荒木の手を撃ち抜いてから、ずっとおれが抱えてたんだ。まさか、盗人にとられちまったんじゃ……」

雄太郎が、はて、と太い眉を寄せる。

「品川で拾った？　弾七、それも夢ではないのか。そもそも、品川で暑気払いだとわしらを誘ったのは、おまえではないか」

「……おれ？」

弾七郎は、眼と口を大きく開いた。

「ああ……だから、弾さんが舞台で台詞を忘れる悪夢を見たとかで、その憂さ晴らしをするんだと騒いでたではないか」

「いや、だって、安西のご隠居がよぅ……」

狐（きつね）にでもつままれた気分であった。

弾七郎は馬鹿らしいと思いながらも、品川で気砲を拾い、この三匹で荒木を捕えるまでの一席をぶたなくてはならなかった。が、あらためて口に出すと、だんだん空々しく響くのは、どうしたものか。

「安西殿は、たしかに古町長屋へ越してきたばかりの御仁（ごじん）だが、なぜわしらの遊びに付き合わなくてはならぬのだ？」

「弾さん、ほんとうにどうかしてしまったのではないだろうな？」

雄太郎と忠吉は、顔を見合わせた。

どうやら、弾七郎がふざけているわけではないと察したのであろう。やや脅えたような色さえ、ふたりは眼に浮かべていた。

「なんとも、紀伊徳川家とは……あの騒動に巻き込まれたことが、まだ胸の内で片づいていないから、そのような夢を見たのではないかな？」

「それに、おまえが気砲とやらを拾い、わしが鉄砲を騙（だま）しとられた若者を助けたと？　それがひとつの事件に繋がっておった？　それは都合がよすぎるにもほどがあろう。

まるで芝居の筋書きではないか」

「うっ、そうだけどよぅ」

弾七郎でも、これがもし人の口から聞かされたものであれば、眉に唾を塗って嘘の皮だと断じたであろう。いや、そんなはずはない。ほんとうにあったことなのだ。いくらなんでも、そこまで惚けては……。

だんだんと自信がなくなり、弾七郎の眼が虚ろに宙を彷徨った。

「……真実か……」

雄太郎は、そんな悪友を哀れに思ったのか、
茫然とした。

「弾七よ、気にすることはないぞ。役者とは、夢とうつつの狭間で生きるのだと自慢しておったが、ついにその境地に達したということであろう」

と豪快に笑い飛ばした。

忠吉も優しい眼でうなずいた。

「ああ、そうだな。弾さん、よい夢を見れてよかったじゃないか。だが、これから酒は少し控えたほうがよいな」

「あ、ああ……」

友垣の心遣いが、よけいに弾七郎の心を沈ませた。

旅籠屋の女中がやってきたのは、そのときであった。

「はい、おはようさん。すぐに朝餉の用意しますからね。ああ、そうだ。旦那がた、困りますよぅ。うちの若い女中にこんな怖いもの預けたりしてさ。お役人に見つかったら、どんなことになるやら……」

丸顔の女中が、恐々と抱えている気砲を見て、雄太郎と忠吉はうろたえた。

「そ、それは鉄砲ではなくてな……」

「ああ、ただの玩具さ」

「あれ？　そうなんですか？」

弾七郎は、悪友どもにたぶらかされたと悟った。

「ば……ばばっ……ばっきゃろうめ！」

「ひゃっ」

弾七郎は跳び上がり、いきなりの大声に脅えた女中の手から気砲を奪いとると、もう二度と放すまいとしがみついた。

「ひ、ひでえやつらだ！　ほんとに夢かと思ったじゃねえか！　怖えじゃねえか！　どんだけ怖えかわかってんのかよ！　て、てめえらとは、もう絶交でい！　金輪際、遊んでやんねえぞ！」

涙目になって喚き散らした。

洒落にならねえことをしやがる。心の臓が止まって、口から魂が抜けるかと思ったほどだ。それほどの恐怖を味わったのだ。いくら古い友垣とはいえ、とても許せる所業ではなかった。

弾七郎にとって、鉄砲は若いころに別れた恋人のようなものだ。空を流れゆく雲は戻ることがない。泣く泣く手放し、もはや二度と手が届かないと観念していた遠き日の夢であった。

いや、じつは何挺か隠し持ってはいる。しかし、こちとら町人だ。鉄砲場まで担いで放てるわけではないのだ。

この切なさが、どれほどのものか。

明るいお天道さまの下を歩けない日陰者の妾と同じではないか。そうともよ。なんと切ないことか。それを、この爺どもは……わかっちゃいねえ。こいつら、まったくわかっちゃ……。

「弾七、すまぬ。わしらが悪かった」

「お詫びに奢るから、ひとつ飲み直そうじゃないか」

弾七郎の剣幕に怖れをなしたのか、それとも六十を幾つもすぎた駄々っ子ジジイには付き合い切れぬと観念したのか、雄太郎と忠吉はそろって白髪頭を下げての平謝りになった。

「お？　そ、そうか？」

奢りと聞いて、弾七郎はけろりと機嫌を直した。

どうせ茶番だ。

人生とはひと幕の茶番なのだ。

しかし、ふたたび頭を傾げて考え込んだ。

「……やっぱり、いらねえ……」

「弾七、どうした？」

「だから、わしらが悪かったと……」

ふたりの友垣は、心配そうな顔をした。

「いや、そういうこっちゃねえんだ」

弾七郎は、水に落ちた猫のように身震いした。

「だってよぉ、呑んで、寝ちまって……また夢ンなるといけねえやな」

「そうか」

「うむ……」

忠吉と雄太郎は、苦笑したようであった。

窓から流れる風が、波の音を運んできた。

じゅわ、じゅ、じゅわ……。

旅籠の壁にひっついた蟬(せみ)が、寸足らずに鳴いていた。

第二話　朔の試練

一

外の陽光は強く、道場の中はみっしりと陰が濃かった。

殺気の塊と対峙していた。

本郷の藪木道場にて、古町長屋の素浪人である長部隆光は、道場主の藪木勘兵衛に稽古をつけてもらっているのだ。

勘兵衛は、木刀を大上段に構えていた。

雄壮にして豪放である。

対して、隆光は、やや下段に構えている。攻め側の隙を誘うために、木刀の先をゆらゆらと目障りにふっていた。

勘兵衛は眼を半ば伏せ、隆光の挑発にも微動だにしなかった。踵をべったりと床板につけ、足さばきの片鱗も見せていない。が、隆光がうかつに踏み込めば、怒濤の打ち降ろしでこちらの額は割られるであろう。

だからこそ、隆光も攻められなかった。

長らく対峙がつづき——。

「……まいりました」

と隆光から木刀を引いた。

どっと背中に熱い汗が噴く。互いに構えをとってから、たっぷりと四半刻（約三十分）は経っていたであろうか。立ち位置は一歩も変わらず、ついに木刀と木刀が触れ合うことすらなかった。

「長部殿も見事であった」

勘兵衛も構えを解いたが、むさ苦しい豪傑髭に覆われた顔には、どこか口惜しげな余韻を残していた。

互いに顔の汗が無数の珠となり、額から鼻筋にかけて流れ落ちて顎先へと滴っていた。逞しい体軀も汗にまみれ、強健な足を伝って床板に水たまりをつくっている。

動きはなくとも、それだけ力を尽くして戦っていたのだ。

ふたりとも歳は二十代の半ばである。

隆光の身丈は五尺八寸ほど。

藪木道場の主は、わずかにそれを上回る。

隆光はすらりと細身ながら、無駄な肉を削いだ俊敏さがあり、勘兵衛は筋骨に恵まれた凄まじい膂力を持っていた。

伎倆は伯仲しているといってよい。

隆光が先に引いたのは、礼儀として、道場主を立てるためである。強いて決着をつけようとすれば、もはや打撲や骨折では済まず、どちらかが重傷を負って倒れ伏していたであろう。

道場破りにきたわけではない。

これで充分であった。

長屋の老人を世話するばかりの毎日で、鈍った腕を鍛え直すために道場の隅を借りて稽古させてもらっているだけなのだ。

「ご指導、かたじけなし」

道場主に一礼すると、隆光は外の井戸水で汗を洗い流した。この炎天下で歩けば、たちまち汗まみれとなるが、こまめに清めたほうが気分がよいものだ。

今日のところは、これで帰ることにした。

はやく長屋に戻らねば、またぞろ偏屈な老人たちが、どのようなわがままをふっかけてくるかわかったものではない。

「長部殿、お待ちくだされ」

道場の外で、男装の女武芸者が凜とした声をかけてきた。

名を朔という。

きりりとした美貌で、艶やかに伸びた髪を結い上げず、前髪を残した若衆のように後ろで束ねている。八丁堀同心の娘で、ちかごろ古町長屋に舞い戻ってきた忠吉老人の孫娘でもあった。

トウが立とうという歳のはずだが、いっこうに嫁入りする気配もなく、三日と空けずに剣術道場へ入り浸っている女剣士である。汗を飛ばして瑞々しく躍動する艶姿に見惚れる門弟は多いという。

「わたしも長屋に用があります。ごいっしょして構いませんか」

「え？　あ、ああ……」

壮絶な殺気が、隆光の背を刺し貫いた。

誰のものであるか、ふり返らなくてもわかった。剛剣の使い手である藪木道場の主は、この女武芸者に惚れているのだ。

藪木勘兵衛は、天稟に恵まれている。が、剣と人格は、両立しないものなのか。一心に腕を磨けば、自然と人格も磨かれるというが、有り余る天賦ゆえに心を鍛える暇もなかったのかもしれない。

（しかし……）

と隆光は、みずからを省みた。

おのれの人格にも褒められたところなどなかった。かつて暗殺剣をふるったことさえある身だ。勘兵衛の父である藪木雄太郎も、また人格者とは程遠い。あれは人外の境地に達した剣鬼である。

「……朔殿、ご随意に」

隆光としては、こう答えるしかあるまい。

道場主の殺意に見送られて、隆光と朔は道場をあとにした。

（長部隆光――許すまじ）

藪木勘兵衛は、嫉妬で奥歯を軋らせた。

巨軀は汗まみれで、網代笠の下では眼が炯と光っている。網代笠は日除けではなく、顔を見られないための用心であった。

朔と長部隆光を追跡しているのだ。

昌平橋を渡って、人の往来が忙しない八ツ小路に入った。火除地を兼ねる広々とした大辻で、八方に通じていたことから、その名がある。

雨が降ったせいか、ひどく足元がぬかるんでいた。できるだけ乾いたところを歩いた。着物の裾が汚れることを気にしているわけではなく、いつ刺客に襲われるかもしれない剣客のたしなみであった。

(従兄弟とはいえ、朔殿に手を出せば容赦はせぬ)

長部隆光は、勘兵衛の母の弟の息子なのである。

気に入らなかった。長部のことである。

剣の腕は認めよう。かつて、勘兵衛は負かされたことがある。いまは実力も拮抗しているとはいえ、一度は負けたことに変わりはない。いや、そんなことはどうでもよかった。

あの顔である。

眉が太く、男臭い精悍な顔立ちをしている。そのくせ、物腰が涼やかで、どこか寂しげな翳りさえ帯びている。おかげで、長部が道場へ通うようになってから、近所の町娘が騒ぐこと騒ぐこと……。

うらやましい。

潔いほどに、勘兵衛は妬心を隠せなかった。

長部が俊敏な若狼だとすれば、勘兵衛はむさ苦しい大熊なのである。

じつのところ、顔の造作などは些細なことであった。広大無辺の天下に比べれば、蟻のおやつほどの悩みでしかなかった。

（長部め、よもや朔殿を狙っているのでは！）

そのことである。

あれほどの男前だ。女などよりどりみどりであろうが、当人には漁色を極めることに興味はないらしく、そのあたりはたいしたものであった。

だが、朔が、長部の強さに敬服している。

顔ではない。その強さにだ。

しかし、それで勘兵衛が安堵できるはずもなかった。

敬服から敬慕まで、一里塚ほどの間ではなかろうか。

敬い、慕う――お慕いする。

それは、もはや恋心ではなかろうか。ならば、その相手が自分であってもよいはずではないのだろうか……。

このように、若き勘兵衛の胸中は千々(ちぢ)に乱れているのだ。

（……む？）

勘兵衛は足を止めた。

剣士の勘で、何者かの視線を頭の後ろに感じたのだ。

「あ……」

という小さな声が耳に届いた。

勘兵衛はふり返った。

吉沢武造(よしざわたけぞう)の分別臭い眼とかちあった。

武造は、朔の弟である。名は勇ましくも、武芸が苦手な学問の虫だ。歳は十五か六であったか。目鼻立ちの整った澄まし顔で、すでに元服して月代(さかやき)を青々と剃(そ)った武家姿であった。

しばらく見ないうちに、ずいぶんと背が伸び、長身の姉と肩を並べるほどには育っていた。

「しからば、これにて」

武造は、踵(きびす)を返して立ち去ろうとした。

「待て。待つがよい。待ってくれ」

「いえ、待ちませぬ。待ちたくありません」

武造は冷淡であった。

「あそこに見ゆるは、我が姉上ではありませんか。しかも、長部殿がお側にいる。そして、勘兵衛殿がこっそりと追っている。ならば、面倒ごとは必定。私は、これにて失礼をば……」

「聞け。聞くがよい。聞いてくれ」

勘兵衛は追いすがった。

武造は足を止めない。

「勘兵衛殿、姉上を追わずともよいのですか？」

「どうせ行き先は知れておる。古町長屋だ」

「それで、なにを聞けばよいと？」

武造が、ようやく迷惑顔でふり返った。

「いやな……このごろ、朔殿は悩みを抱えている様子でな。わしも剣の師として、たいへん心配しておる。武造は、なにか聞いておらぬか？」

「聞いておりませぬ。では、これにて」

「待て。待つがよい。いや、待ってくれ！」

好いた女の弟とはいえ、可愛(かわい)げのないことおびただしいが、武造さえ引き込めれば百万の味方を得たようなものである。

勘兵衛は、いじらしいほどに必死であった。


隆光は、古町長屋の自身番でくつろいでいた。長屋に彼の部屋はない。いつもここで寝起きしているのだ。

長屋の老人どもといえば、日に日に夏らしさを増してゆく陽光に怖(おそ)れをなしたのか、それぞれの部屋に引きこもったまま這(は)い出てくることもない。

（あとで、ひとまわりして様子を見てこよう）

誰かが病に臥(ふ)せっているかもしれない。夏ははじまったばかりなのだ。いま身を損なえば、とても秋まではもたないであろう。

隆光は、茶を呑(の)もうと思った。

汗を流したおかげで、喉(のど)が渇いている。

暑い日は熱いものにかぎるのだ。大家の茶葉をいただこうとしたが、あいにく茶筒に葉が残っていない。しかたなく、釜(かま)の底にこびりついたお焦(こ)げをこそげ落として茶(ちゃ)

碗へ放り込み、湯を沸かして注ぐ。

　呑んでみた。

「むぅ……」

　ただ苦いだけであった。

「隆光殿」

　ふいに声をかけられ、隆光はむせそうになった。

「おお、朔殿……なにかご用でも？」

　道すがら聞いたところでは、朔は弾七郎に用があって長屋にきたのだ。

「弾七郎殿は、あいにく留守でおられないようなのですが、どちらにいかれたか心当たりはありませぬか？」

「さて、わたしにも……〈酔七〉では？」

「そこで見つかればよいのですが、どこかの芝居町か、あちこちの居酒屋をめぐられているとすれば……」

「なるほど。急ぎのご用というわけですな」

「はい」

「しかし、まずは〈酔七〉を覗いてこられたらどうか？　そのあいだに弾七郎殿が戻られたら、朔殿が捜しておられたと伝えておきましょう」

「ううむ……」

　朔は、眉間を寄せて考え込んだ。

　わざわざ〈酔七〉まで足を運んで、もし弾七郎がいなければ、また長屋まで戻らなければならない。それが面倒臭い、と女武芸者の凜々しい顔には書いてあった。労を惜しむというより、二度手間を嫌う性質なのであろう。

「まあ……もしかしたら、すぐに戻ってくるかもしれません。それまで、ここでお待ちになりますか？」

　そう訊いてみたものの、

（それはそれで困る……）

　隆光は、この女武家が苦手であった。

　百回剣を交えれば、隆光が百回とも勝つであろう。そういうことではなく、なにを考えているのかわからず、得体のしれない怖れを抱いているのだ。これは一種の化け物ではないのか……。

　隆光は、凶悪な刺客一味の人質にされた朔を見たことがあった。腰の一刀を奪われているにもかかわらず、泰然として脅えた様子を見せず、それでいて眼は油断なく好機の兆しをうかがっていた。

その後、朔は女刺客のひとりを見事に打ち倒してのけたのだ。

若いゆえ、死を怖れないことはある。それは死への無知にほかならない。鈍感で、ただ未熟なだけなのだ。

しかし、それではない気もしている。

うまく言葉にはできないものの、他の女衆とはもちろんのこと、人としての心の根の張り方が異なっているような……。

朔の祖母は、柔術の達人である刺客をたやすく屠った元御庭番衆だという。祖父の忠吉も双子の剣客に正面から挑み、これに打ち勝っている。

恐ろしい血族であった。

そんな朔に、一途な想いを寄せている藪木勘兵衛にも、隆光は男子の健気というだけでは足りない異様さも感じていた。

「隆光殿？」

呼ばれて、はっと隆光は我に返った。

「な、なにか……」

背中が汗で濡れている。暑さによるものではない。脂汗であった。

朔は、不思議そうに小首をかしげた。

「いきなり無口になって、どうされました？　おう、顔色が悪いようだ。だいじょうぶですか？　乳でも揉みますか？」

「ち、乳……！」

隆光は肝を潰しかけた。

この女は、なにをいっておるのか……。

「うむ、男というものは、それで元気づけられるのではないか？　お婆から、そう教えられたのですが」

「よ……よいのですか」

自分もなにをいっておるのか……。

隆光の頭は混乱を極めていた。

朔は、莞爾と笑って、その胸を張った。

「むろんのこと。減るものでもあるまいし。もっとも、わたしの貧しい乳では、さして癒されぬかもしれませんが」

そのとき、

「馬鹿な！　乳に貴賤などあるものか！」

戸口で立ち聞きしていたのか、自身番に藪木勘兵衛が飛び込んできた。よほど激昂しているのか、若い熊顔の道場主は眼を血走らせて隆光を睨みつけ、ぷるぷると唇をわななかせている。

「藪木殿……」

いきなりやってきてなにをほざくのか、と隆光は呆れて声も出なかったが、朔は鷹揚とした笑みを剣の師匠にむけた。

「おや、藪木先生。そのように血相を変えられて、どうされました？」

「姉上」

「ん、武造もいたのか。どうした？」

「弾七郎殿なら、まだ〈酔七〉にいるはずです」

「なぜわかる？」

「お昼に屋台で買った寿司を座っていただこうと思い、少し寄らせていただいたのです。わたしもお伴しますから、この茶番をはやく終わらせてしまいましょう」

隆光も、じつに同感であった。

武造は、こちらにも顔をむけた。涼やかな眼が、姉とよく似ている。

「では、隆光殿もごいっしょに」

「わ、わたしもか？」

「長屋でご老体の世話もありましょうが、祖父の忠吉も長屋の住人です。そして、姉上の面倒は、祖父の面倒でもあります。後々の大きな面倒を避けるためにも、ここで尽力されることが肝要かと存じますが」

「う、うぅむ……」

巧みに人を巻き込む弁舌は、いったい誰の指南であろうか……。

少年の武造も、やはり吉沢家の血族なのであった。

二

（さて、これはまいったな……）

老剣客の藪木雄太郎は、困惑の泥沼にはまっていた。

慣れぬことはするべきではなかった。

新参隠居の安西弥二郎が怪しいとはいえ、気にしてもはじまらぬと忠吉は達観していたが、雄太郎の性分としては、危険の種が埋伏されているとすれば、これを捨て置くことができなかったのだ。

安西翁は、毎日のように出かけていた。元気な老人だ。出かけたまま、長屋に戻ってこない日もある。出かけるたびに、誰かと逢っている。雄太郎は、幾度か尾けてみて、それをたしかめたのだ。

野菜売り、駕籠かき、修験者など、たまたま通りかかったように安西翁と接していたが、どれも扮装であることはひと目で知れた。

安西翁と話していた魚売りを尾けたことがある。魚売りは老剣客が尾けていることにも気づくことなく、赤坂御門の北にある紀伊徳川家の中屋敷へと消えていった。魚を売りにいったわけではない。天秤棒に吊り下げられた籠には、小魚すら残っていなかった上に、半刻（約一時間）ほど待っても外へ出てこなかったのだ。

安西翁は、紀伊徳川家に関わりがある隠居であった。隠居という身すら、世間を欺くためなのかもしれない。

（意外ではないにしても……）

ただ宿縁を感じるのみである。

古町長屋の大家である小幡源六は、安西翁の正体を承知しているはずだ。小幡は元幕臣だと聞いている。飄然として、雲か霞のようにとらえどころのない老人だが、悪人ではないと雄太郎は感じていた。

だから、安西翁も悪人ではないのであろう。

雄太郎が困り果てたのは、これで安西翁への詮索も終わりにしようかと考えはじめた矢先に、とんでもないものを見てしまったからであった。

安西翁は、芝居町である木挽町にきていた。芝居小屋に用はないらしく、するりと茶屋へはいった。奔放な商家の女房などが役者との逢引に使うという噂がある茶屋である。

雄太郎は、茶屋の前を通りがてら、ちら、と中を覗いた。

老剣客の炯眼は、安西翁と小上がりで逢っている女の後ろ姿を捕えた。その女は、雄太郎の視線に気づいたらしい。ふり返ろうとしたときには、すでに雄太郎は店先を通りすぎていた。

「忠吉に、どう話したものか……」

それとも、教えるべきではないのか……。

安西翁は、忠吉の女房――小春と密会していたのだ。

そのころ――。
忠吉は、ひとりで品川宿にきていた。

美味い魚を食うために、それほど間を置かずに品川を再訪したわけではない。隠居は小遣いが乏しいのだ。

なにを探っていたかといえば、弾七郎が拾った気砲の出所である。そのへんに転がっているような代物ではないのだ。必ずや、どこかの大名家と糸がつながっているはずであった。

ふらりと海遊びにきた隠居爺のふりをして、茶屋や居酒屋を渡り歩いた。嵐がきた夜のことを店主や客に訊くためである。

たいへんな荒れ模様で、やはりどこやらの船が沈んだという。

漁師のものではない。海の機嫌を熟知している漁師が、大事な道具を小舟たりとも失うような下手を打つはずがない。商人の廻船も同じことであった。

沈んだのは、武家の船であるという。

ならば、どこの大名家なのか。漁師に訊いてまわると、どうやら紀伊新宮の船らしいという。海岸に流れ着いた荷箱を、水野家の家臣が大慌てで回収していたという噂を聞くことができた。

(となれば、気砲は紀伊新宮のものであったのか？　それとも、水野家の主君である紀伊徳川家のものであったのか？)

弾七郎が拾ったことが偶然であれば、雄太郎が百人組の川波某（かわなみなにがし）を助けたことも偶然でしかなかった。

だが、そこから先は、か細い生糸ではなく、悪縁の太い縄でくくられている。

（はて、これを断つには、どうしたらよいのか？）

シワ首をいくらひねったところで、元同心の隠居爺には、理不尽な天運に逆らう良案など浮かぶはずもない。

ひとまず神田へ戻ることにした。

三

まだ外は明るかった。

のれんを揚げる前の居酒屋〈酔七〉で、老役者の弾七郎は、養子にして店主の洋太（ようた）と暑気払いの遊びに興じていた。

「ようようよぅ……いくぜいくぜいくぜぃ……」

弾七郎は脂の抜けた指先で一文銭をつまみ、湯呑み（ゆの）へ落とそうとしていた。

湯呑みの中には、阿刺吉（あらき）酒がなみなみと注（つ）がれている。

品川の居酒屋で、その強烈な酔い心地を味わって病みつきとなり、洋太に命じて手に入れさせたものであった。

阿刺吉酒は、湯呑みの縁まで満たされていた。よく見れば、表面がわずかに盛り上がっているほどだ。もはや均衡の限界である。この一枚を沈めれば、縁から酒がこぼれてしまうかもしれない。

酒の表面を乱さないように、ちょんと一文銭の端を浸した。ちょん、ちょん、と何度も繰り返して、そのたびに深く浸していく。一文銭と阿刺吉酒を慎重に馴染ませているのだ。

「さあ、きやがれ！」

洋太が声を張って挑発する。

「おう、勝負ぅ！」

弾七郎が指先を離すと、するりと一文銭が沈んだ。

酒の嵩が増し、わずかに盛り上がる。ふる、ふるふる、と危うげに震えたが、湯呑みの縁からあふれることはなかった。

「へっ、どうだい！」

弾七郎は、得意満面であった。

「……では、おれの番ですね」

洋太は表情を引き締めると、つまみ上げた一文銭を、そろり、そろりと弾七郎と同じように浸しはじめた。

「そーれ、そーれ……りゃ！」

気合いを込めて指先を開いた。

一文銭は沈み、かつ、と陶器の底で硬い音を立てる。

「やっちまった！」

阿刺吉酒は湯呑みからあふれていた。

洋太が頭を抱え、けけっ、と弾七郎は笑った。

「洋太、罰杯だぜ。おっと、これも忘れちゃならねえな。胡椒、山椒、唐辛子……おう、どれがいいんだ？」

「と、唐辛子で……」

「ほいきた、ほい、ほい」

湯呑みの底にたまった一文銭が見えなくなるほど、弾七郎はどばどばと景気よく赤い粉をぶちまけた。

「あっ！　そ、そんなに！」

「うるせえ。肚くって呑みやがれ」

「くぅ……」

洋太は泣きそうな顔で、唐辛子入りの阿刺吉酒を見つめた。

日に日に暑さが増していき、ぐったりして外へ出る気力もないのか、居酒屋へのこのこ顔を出す客も減っている。

小人は閑居して不善をなすものだ。

弾七郎の思いつきで、手っとり早く酔える混ぜ酒の工夫をおっぱじめ、それだけでは面白くないという洋太の言を容れて、一文銭を使った勝負に負けたほうが試しの混ぜ酒を飲み干すということになった。

そして、この有様である。

ふたりとも、勝ったり負けたりで、すでに立てないほど酔いがまわっていた。

そこへ、四人の客がやってきた。

「もぅし、弾七郎殿はおりますか？」

居酒屋の戸が開き、涼やかな女の声がした。

忠吉の孫娘である。

その後ろから、むさ苦しい男ふたりと少年もやってきた。

「うっ……これは汗臭い」

「戸を閉めきっているから、熱がこもっておるではないか」

「弾七郎殿、無茶な遊びはご老体に障りますよ」

「おう、朔坊じゃねえか！　なんだなんだよ、ぞろぞろぞろと……武坊に隆坊に雄の字の小せがれもかよ」

そのとき、ばたり、と倒れる音がした。

ふり返ると、洋太である。

最後の力をふり絞って、混ぜ酒を飲み干したまではよかったが、一気に酔いも頂を極めてしまったようだ。

「洋太殿、だいじょうぶか？」

朔が、心配そうに洋太へ歩み寄った。

「ばあろい！」

なぜか、弾七郎は猛り吠えた。

「こういうときにはよう！　おまえさん、だいじょうぶかい？　お乳揉む？　と、こンくれえの気配りができねえで、江戸の女といえるかよ！」

「どこの江戸ですかそれは」

と武造が呆れ顔をしていたが、

「うむ、やはりそうか」

と朔は大いに意を強くしたようであった。

忠吉の孫にしては、よい女に育ったものだ。

「姉上も騙されないでください」

「ともあれ、洋太殿の介抱は、わたしがやりましょう」

「わ、わしも手伝うぞ」

隆光と勘兵衛は、洋太を外へ運んで胃の中のものを吐かせはじめた。

「んで……朔坊ぅ、なんの用だってんだ？」

「はい」

朔は、居住まいを正し、老役者に頭を垂れた。

「わたしに白波の技を授けていただきたいのです」

「あぁん？」

と弾七郎はあんぐりと口を開き、

「えっ？」

「さ、朔殿！」

と外で聞き耳を立てていた隆光と勘兵衛も驚愕していた。

四

夜になった。

雄太郎は、忠吉の部屋で酒を酌み交わしていた。

「まあ、小春のことだ。公儀隠密から足を洗ったとはいえ、またぞろどこかの筋から密命でも降ってきたのではないか。なるほどな。だから、わしに嗅ぎつけられまいと屋敷から追い出したのか……」

忠吉は上機嫌であった。

芝居町の茶屋で、安西翁と忠吉の女房が秘かに逢っているところを見てしまい、雄太郎はさんざん迷いながらも教えておくことにしたのだ。

「いや、雄さん、報せてくれてありがとうよ」

「うむ」

たしかに、あれは隠密仕事の相談であったのかもしれない。雄太郎は、あらぬことを勘ぐったおのれに深く恥じ入った。

忠吉は忠吉で、品川まで足を運んで気砲の出所を探っていたらしく、水野家の船が沈んで積荷が流されたことを突き止めていた。

気砲をおさめていた木箱が、その積荷であったのだろう、と忠吉は推測し、雄太郎もそんなところではないかと同意した。

（水野家の家臣が荷箱を回収していたということは、気砲の他にも隠さねばならぬものがあったということではないか？）

そのあたりのことも、忠吉は少し引っかかっていたらしいが、とくに目ぼしいことはわからなかったようだ。

昨年のことである。

古町長屋の隠居三匹は、紀伊徳川家の内輪もめに巻き込まれたことがある。隠居派と国主派で、紀伊徳川家は二つの派閥に割れて対立し、陰湿な勢力争いを繰り広げていたのだ。

隠居の徳川治宝は治政への影響力と利権を手放さず、国主の徳川斉順は質素倹約の江戸暮らしに厭いて独自の資金源を求めていた。

そこに、紀伊屋の宗右衛門という商人が巧妙に付け入り、紀伊徳川家の江戸詰用人と結託して公金を横領したばかりか、武家や豪商に妾を斡旋するために町娘をかどわかすなどの悪事にも手を染めていた。

三匹の隠居たちが、その悪事を挫いた。好きで挫いたわけではなく、身内にふりかかる火の粉を払っただけである。

宗右衛門は獄門台送りとなり、公金横領が露見した江戸詰用人は紀伊徳川家で内々に処分された。

宗右衛門から多額の賂を受けていた国主派は、これを逆恨みし、紀伊屋の元番頭を操って隠居三匹を始末する刺客を雇うに至ったのだ。

武家のやることとは思えず、あまりにも愚かな所業である。

(すべては金のことなのだ。くだらぬではないか)

三匹の隠居たちは、古町長屋に住む老人らの助けもあって、からくも刺客を返り討ちにして先の短い命を拾っていた。

紀伊徳川家の国主派も、これに懲りたのか、しばらくは水面下での平穏を保っていたようだが……。

品川宿で狙撃に失敗した荒木某が仕えていた水野家は、紀伊徳川家の御附家老を代々務める名家であり、これは国主派なのだろう。

ならば、安西翁は隠居派ということになる。

雄太郎たちは、幾度も意図せず隠居派を助けたことになるが、市井の隠居風情としては、もはやかかわり合うのは御免である。雄太郎と忠吉は、そこでも意見の一致を見ていた。

「それにしても、弾さんは戻らないな」

忠吉がつぶやいた。

弾七郎にも話しておきたかったが、あの老役者はどこで尖った顎先をふりまわしているのか、夜になっても長屋へ戻ってこなかった。

「お琴に聞いたのだが、朔と勘兵衛が、弾七を捜しておったらしいな」

お琴は、雄太郎の妻である。

「朔めが？　弾さん、なぜか若いもんに慕われるな」

「慕われるというより、歳上の遊び仲間だと思われておるフシもあるがな。まあ、それだけ弾七の気が若いということだろう」

ちげえねえ、と忠吉は伝法に答えて笑った。

「若いといえば、雄さん」

「なんだ？」

「弾さんも、けしからぬではないか」

雄太郎が友垣を見やると、忠吉の剃刀いらずの自然な月代が紅潮している。だいぶ酔ってきたのであろう。

「弾さんが武家であったときの許嫁殿のことよ。婚姻の前に逢瀬を楽しみ、しかも捨てたというではないか」

「古い話だ」

「しかし、わしが知ったのは、このあいだのことだ」

「あれは捨てたのではなく、捨てられたのだ。そもそも、お葉殿と出会う前のことではないか」

「他にも町の女との浮名を耳にしておる」

なんの吟味なのだ、と雄太郎は苦笑した。

「お葉殿と出会う前は、それなりに浮き名を流しておったであろうよ。役者とは惚れられることが生業だからな」

「ふん、ますますけしからぬではないか」

雄太郎は、酔って執拗になった忠吉へ白い眼をむけた。

「けしからぬ……か」

「なんだね？　雄さん」

「いや、なんでもないことだ」

鈍感は、ときに罪深い。

しかし、それでこその忠吉ではある。

武家を捨てる前の弾七郎が、幕府の御庭番衆として働いていた小春に惚れていたことを、雄太郎だけは気づいていたのだ。

（弾七め、あれほど気性の烈しい一途な男が、どうやって小春殿への想いを断ち切ったのか……）

忠吉の酔った頭は、弾七郎への吟味に飽きたらしい。

「長部殿はどうしておるのだ？」

古町長屋で老人の世話役を押しつけられている若い剣客のことだ。

長部隆光は、雄太郎の甥である。父親が武家への仕官を諦めたのは、雄太郎に片腕を斬られたからだと信じて疑わず、郷里で落魄していた父が亡くなると雄太郎を仇と定めて江戸へ出てきたのだ。

「よく老人どもの世話をして働いておるようだ。亡き父の心に復讐の念がなかったと悟り、妄念からも解き放たれたのであろう」

「もう雄さんを仇と思ってないということか？」

「そのようだ。剣の腕は優れておるが、生真面目で不器用な若者だ。あとはおのれがどう生きるかということが大事となろう。そのあたり、ちと迷いがあるようだが、まず心配あるまい」

「……よい若者だな」

「ああ」

「そんな若い奴らに、少しでもよい時代を遺してやりたいものだな。わしらは、いつか消えゆく身だからな。つまずく小石でもあれば、この身が動けるうちに除いてやりたいものだ」

忠吉のつぶやきは、どうにもとりとめがなかった。

弾七郎がいないと、しんみりとした酒になりがちである。

「なに、いまの時代もよいものであろう」

「そうだな。だが、いまがてっぺんだという気もする」

「忠吉は、これから世が悪く傾くと思うのか？」

「悪くなる。しかし……」

雄太郎は、あえて笑い飛ばした。

「うむ、いつだって、年寄りとはそう考えるものだ」

「なぜ、そう思ってしまうのかな」

「若いころは、まだ己がわからぬ。だから、やたらと気が尖り、なにかあれば暴れることもある。歳をとれば足腰が弱くなって、己に自信がなくなる。気が弱くなり、心の不安を解く力もないゆえにな」

「ならば、どうすればよい？」

「どうもせぬ。わしらは、静かに余生を送るだけよ。そして、思い残すことなく、ただ逝(ゆ)くのみ」

「それしかないか」

「忠吉は、いつまでと考えておる？」

「ん？　なんのことだ？」

「死ぬまでのことだ」

「さて……雄さんは？」

「お琴の子が生まれ、それなりに育つまでだな」

「……わしらも、そろそろ後始末を考える歳ということか」

「で、あろうさ」

五

夜半をすぎたころ、なぜか市ヶ谷の浄瑠璃坂にきていた。

市ヶ谷御門外の堀沿いから、市ヶ谷田町の一丁目と二丁目のあいだを抜けたところにある一町（約百九メートル）ほどの登り坂である。幅は三間（約五・五メートル）で、水野家上屋敷のほかは、小さな武家屋敷が並ぶばかりであった。

「いい月夜じゃねえか」

弾七郎は、とろんとした酔眼で青黒い夜空を眺めた。

月がまんまるだ。

風はなく、あたりはしんと静まり返っている。

「朔坊、ほんとうにやんのかい？」

「はい」

女剣士は、楽しそうに答えた。

弾七郎と朔は、これから水野家上屋敷に忍び入らなければならないのだ。

白波の技を授けてもらいたい、と朔に頼まれて、弾七郎は酔った勢いで請け負ってしまった。

白波は泥棒である。役者として、義賊を演じたことは浜の真砂(まさご)の数ほどあり、けちな泥棒にも知り合いはいる。

とはいえ、生業で泥棒を働いたことなどない。ましてや、武家屋敷に忍び込んだことなどあるはずもなかった。

——そもそも、なぜ白波になりたいのか？

弾七郎は問い、朔は答えた。

じつは御庭番衆のお役目であるという。

つまり、こういうことだ。

朔の祖母である小春は、元御庭番衆である。忠吉はもちろん、雄太郎も弾七郎も知っていることであった。

小春は、孫娘にもその素質があると見込んだのか、もし嫁ぐ気がないのであれば、木刀片手に市中で遊ばせておくよりは、徳川将軍家のために働かせたほうが世のためになると思案したものらしい。

行儀見習いでもあるまいし、孫娘を御庭番に仕立てようとする祖母も祖母だが、それを真剣に受けとる朔も朔だ。御庭番衆とは、将軍直属の密偵(みってい)である。危険なお役目であった。

小春は、孫娘に脈ありと思ったか、簡単な任務をこなすことで適性の有無を図ってみようと挑発し、まんまと朔は乗ってしまったのだ。

——その任務とは？

水野家上屋敷の蔵に、御禁制の品が運び込まれたとの密告があり、誰の助けを借りてもよいから荷の中身を調べよというものであった。

屋敷内で見つかれば、賊として斬られてしまうであろう。殺されたところで、ただ闇から闇へと葬られるだけであった。

やめときな、と弾七郎が制したところで、おとなしく聞く娘でもない。

ぐじゃぐじゃと酩酊した頭で考えてもはじまるものではなかった。酒が抜けたところで、いつもと同じだ。ならば、酔った勢いにまかせて、今夜のうちにやらかすしかなかった。

幸い人手は足りていた。

勘兵衛と隆光だ。

朔を案じて、弾七郎を捜す手伝いをしていたらしいが、ここは遠慮なく巻き込むことにした。ふたりも腕の立つ剣客がいれば、雄太郎ひとり分の活躍は期待できるであろう。

（ん、武坊もいたような……いつのまにか姿をくらましやがったか）

じつに聡い少年である。巷で厄介事を見かけるや、嬉々として頭から飛び込む忠吉の孫とは思えない賢明さであった。

「弾七殿、どこから入りましょうか？」

「そら、塀をよじ登っていこうや」

弾七郎は、懐から鉤縄を出した。

芝居の小道具だが、鉄鉤は本物だ。弾七郎が、博打狂いの役人から賭場で巻き上げたものであった。本来は暴れる下手人に投げつけて、鉤を着物に引っかけることで捕獲する道具である。

「わたしが投げましょう」

よしきた、と朔に鉤縄を渡した。正直なところ、自分が投げて、上手く引っかけられる自信はなかった。

朔は、石でも放るように鉤を投げ、塀のてっぺんを軽々と越えさせた。伸び切った縄を引くと、かつん、と鉤が引っかかる。縄には結び目を作ってあるから、それを足がかりにして登るだけであった。

弾七郎と朔は、もし屋敷内で見つかっても顔を知られないように、黒染めの布をかぶって頭巾と覆面にした。

「おう、見張りは頼んだぜ」

勘兵衛と隆光に声をかけた。

「おれたちが見つかったら、かなり賑やかになるだろうからよぅ、そんときゃ手はずの通りにやってくんな」

「はあ、それは承りましたが」

隆光は、男臭い顔を物憂くさせている。できることであれば、いまからでも押しとどめたいのであろう。

勘兵衛には、また異なる意向があるようだった。

「朔殿、やはり、わしがついてゆこう。それがよい。弾七殿は老体ゆえ、無理はさせられぬ。怪我でもすれば一大事だ」

「あにを？　勘坊のくせに生意気こきやがって！」

弾七郎は憤ったが、朔はにっこりと微笑んだ。

「いえ、ここは弾七郎殿に頼ります。お婆もそう申しておりました」

「あ？」

弾七郎は、きょとんと眼を丸くした。

はなっから、こちらに世話を焼かせるつもりだったのか。なに考えてんだ、あのバ
バアは……と思ったものの、口には出せなかった。

「まあいいや。勘の字、なにぼさっとしてんだよ」

「む、わしがなにか？」

「ほれ、塀に両手ついて、さっさと朔坊の踏み台になんな。たしかに鉤は引っかかっ
たが、万が一ってこともあるからな」

「う、うむ……」

「なに顔を赤くしてやがんだ？」

「いや……さ、朔殿、強く踏んでもかまわぬぞ。ささ、遠慮はいらぬ」

「藪木先生、かたじけない」

男装の朔は、両手で縄を握り、勘兵衛の逞しい背中を登坂した。そして、わずかに
膝で勢いをつけると、ひらりと身軽に塀の上まで跳躍する。背中に反動を受けた勘兵
衛は、おふ、と気色の悪い声を漏らした。

「んじゃ、次はおれだな。隆坊、踏み台になんな」

「わたしもですか？」

「あたりまえじゃねえか！　おら、頭を下げな。いや、そのまんまでいいや。頭に乗ったほうが高く登れらあ」

「むう……」

弾七郎も、縄にしがみつき、剣客の背中をよじ登る。その姿は巨木に止まった蟬のごとくだ。しかし、隆光の頭を踏み台にしたが、そこから先が難しい。矮軀とはいえ、老人の力である。朔のような跳躍は難しかった。

「弾七郎殿、疾く願います」

「お？」

頭上から朔の手が伸びて、弾七郎の襟首をむんずと摑むと、猫でも持ち上げるように軽々と引き揚げてしまった。

これで、ふたりとも塀の上である。それこそ猫のように四つ足で這いながら、さて、どこで降りるかと思案していると、

「へっ、おあつらえ向きに枝が伸びてやがら」

立派な松が屋敷の庭にあり、塀の外にむかって太い枝を伸ばしている。うってつけであった。片足をちょんと乗せて、しっかりした枝ぶりをたしかめてから渡り、幹を伝って首尾よく降り立つことができた。

「朔坊よ、蔵はどっちだ？」

「こちらです」

屋敷の配置などは、元御庭番の祖母に教えてもらったのだろう。朔は迷うことなく夜の庭を歩みはじめた。

月明かりが庭の草木を照らしていた。老人と娘は、木々の陰を静々とすすむ。夏草の青臭い香り。庭の湿気が足元から這い登り、ぷぅんぷぅぅうんと蚊が血を求めて擦り寄ってきた。

「弾七郎殿、蔵の鍵はどうします？」

「なに、おれがなんとかしてやらあ」

弾七郎は威張った。

法螺ではない。

昔、どさまわりの一座と旅をかけていたときのことだ。道具方に元錠破りの名人だという老人がいた。弾七郎は、その老人と仲良くなり、博打のいかさまを教えるかわりとして、錠破りの手ほどきをしてもらったのだ。

ひた、と朔の足が止まった。

弾七郎も異変に気づいていた。

「おりょ……なんで、こんなにいやがんだ」

夜中だというのに、蔵の前に人の気配が集まっているのだ。それも、ひとりやふたりではない。十人はいるだろう。まさか賊が忍び込むことを予期していたわけでもなかろうが……。

弾七郎は酔眼を細めて場を見定めた。

蔵の扉は開いている。大八車に荷を積み込んで、どこかへ運ぼうとしているように見えた。人目のない夜更けに、しかも中間を使わないところから推察して、よほど他家に知られてはいけないものなのであろう。

「な、なにやつ！」

後ろから、誰何の声がかかった。

念のため、水野家の家臣が庭を見回っていたのであろう。

「ものども曲者じゃ！」

「ちょ……もうばれやがった」

弾七郎は舌打ちした。

朔は即座に動いていた。腰に刀は差していないが、声もなく水野家の家臣へ駆け寄ると、たちまち手刀で打ち倒してしまった。

弾七郎は、その鮮やかさに眼を剝く。

「さて、どうします？」

朔が、ささやくように訊いた。

「よ、よし、ずらかろうぜ」

「はい」

蔵に集まっていた家臣らも曲者の侵入を知り、狼狽と殺気をまぜこぜにした気配が弾七郎らのほうへむかってきた。

「だがよ、おれの酔った足じゃあ逃げ切れねえぞ」

「わたしが背負います」

「おう、すまねえな」

朔は、ひょいと老人を背負うと、夜風を巻いて侵入先の松まで戻った。幹と枝を伝って軽々と塀の上まで移ってみせる。

これも見事であった。

小春が、なぜ朔を御庭番衆にと考えたのか、ようやく弾七郎にもわかった。まさか、この女剣士が、これほどまでに実践での腕を上げていたとは思ってもいなかったのだ。

「しかし、あっさりしくじっちまったもんだな」

「いえ、これでよいのです」

「んあ?」

「お婆が申すには、屋敷に忍び込んだのちは、すぐ見つかってもよいと。ただし、顔を見せず逃げおおせることが肝要だとか」

「ふうん……」

無理に忍び込ませておいて、見つかってもよいときた。小春という女の考えは、昔からよくわからないところがある。

小春は、すでに姥桜(うばざくら)のはずだが、とても五十歳を超えたとは思えないほど若々しかった。見かけは、四十歳とも、三十歳とも……光の加減によっては、二十歳の生娘に見えかねない化け狐である。

だからこそ、忠吉のように不器用なほど実直な男とは、うまく釣り合いのとれたお似合いの夫婦なのだろう。

(けっ、埒(らち)もねえこと考えてるときじゃねえな)

浄瑠璃坂は月光で青白く照らされている。

水野家の家臣が何名か外へ飛び出し、賊の姿を求めて駆けまわっていた。

降りれば、すぐに見つかってしまうだろう。

塀の上で身を伏せ、しばらく様子見を決め込んでいると、上屋敷の長屋門前から派手な剣戟と怒声が聞こえてきた。

若きふたりの剣客が、手はず通りに騒動を起こしているのだ。

「忠吉、あちらもはじまったようだな」

「ああ、弾さんが巧く立ちまわってくれればよいがな」

忠吉と雄太郎は、町屋の暗がりに潜んでいた。

弾七郎らが騒ぎを起こす前に、水野家上屋敷の裏門がひっそりと開くのを、ふたりの隠居は眼にしていた。

裏門から出てきたのは、荷物を満載した大八車であった。水野家の家臣らが、あたりをうかがいながら大八車を押している。なにを運んでいるのか、荷物は外濠の河岸につけられていた荷舟へと運び込まれた。

やがて、上屋敷が賊の侵入で大騒ぎになったころ、見計らったように荷舟から火の手が上がって盛大に燃え盛った。

水野家の家臣は、あちらもこちらも大騒ぎである。

火付けは小春の仕業であろう。

忠吉と雄太郎のもとへ、孫の武造が分別臭い顔を長屋にあらわして、朔が弾七郎に白波の手ほどきを頼んだと報せてくれたのだ。

奇矯な孫娘とはいえ、町方同心の娘でありながら泥棒稼業を志すほど性根も傾いてはおるまい。

　これも小春が原因であろうと忠吉は見ていた。

　武造は、祖父に報せるまでがおのれの役目と割り切っているのか、涼しげな顔で同心屋敷に帰ってしまったが、これを聞いてしまったからには忠吉と雄太郎も動かざるをえなかった。

　かくして、この大騒ぎであった。

「雄さん、この匂いは……」

　忠吉は小鼻をうごめかせた。

　雄太郎も濃い眉を険しく寄せた。

「うむ、荷の中身は〈阿芙蓉〉だな。おおかた、唐渡りの妙薬を長崎の役人が横流ししたのであろう」

　阿芙蓉とは、芥子の実から精製された薬物で、強い鎮痛作用があるため国内でも医療用に栽培されている。が、高価な薬であり、大量摂取によって昏睡や死に至ることもあり、幕府によって厳しく管理されているのだ。

なるほど、と忠吉は裏に隠された仔細を了解した。

「水野家は、紀伊徳川家の国主派であったな。ならば、国主の浪費に困り果てて、御禁制の品に手を出してしまったというあたりか。小春めが動くからには、お上もそれに気づいていたか。とはいえ、相手は御三家だ。表沙汰にすることは遠慮したのであろう」

だから、戒告はせずに〈穏便〉な警告で済ませるため、手練れの元御庭番に命じて阿芙蓉を燃やすだけに留めたのであろう。

朔は、そのための囮として利用されたのだ。

「だが、忠吉よ、小僧どもだけに遊ばせておくのもつまらんな」

雄太郎は、火を見てそわそわしていた。

にっ、と忠吉は笑う。帯に挟んでいた喧嘩煙管を抜いた。こんなこともあろうかと長屋から持ってきたのだ。

「わしらもゆくかね、雄さん」

「うむ、参ろう」

二匹の隠居は、暗がりから飛び出した。

騒動のあいだに、弾七郎を背負った朔は武家屋敷の塀から飛び降りると、すたこらと外濠沿いを逃げていた。

暑苦しくて、弾七郎は頭巾と覆面を外した。

「なんだ、煙いじゃねえかよ」

ふり返ると、河岸で荷舟が赤々と燃えていた。煙はそこから風に乗って流れてきているのだ。

酔いは醒めてきたが、煙を吸っているうちに心地よくなってきた。

「朔坊ぅ、今宵は楽しかったかえ？」

「うん！」

「へっ、そりゃあよかった」

弾七郎は、朔の背中で眼を細めた。

好々爺の眼差しだ。

（この娘は宝だ。あの女の孫だ。どうあっても護らなくてはならねえ）

弾七郎は、だんだん気怠くなってきた。

（この小娘はわかってんのかねえ。いやあ、わかってんだな、うん。滾りてえんだよな。滾って、この浮世を生きてえんだよな。その先で、修羅の道しかねえってわかってもなあ……）

すぅ、と煙を鼻で吸い込んだ。

酔ってんだか、酔ってないんだか……。

なにがなんだかわからなくなって、老役者は気を失うように小娘の背中で眠り込んでしまった。

第三話　弾七郎夢芝居

一

「おそらくは、阿芙蓉（あふよう）の煙を吸ったせいであろうが……」

雄太郎（ゆうたろう）の声が聞こえた。

近くにいるのか、遠くにいるのか、よくわからない。

（へえ、そうかい。あの煙は阿芙蓉だったかよ）

弾七郎（だんしちろう）は、霧の晴れない頭で、ぼんやりとそう考えた。

阿芙蓉は知っている。いつであったか、どこかで読んだか耳にしたことがあった。

唐渡（からわた）りの高価な薬物で、酒よりも強烈な酩酊感（めいていかん）があり、その酔い心地は仙境を彷徨（さまよ）うがごとしだという。

神仙伝が好きな弾七郎としては、一度くらい試したいと思っていたのだ。

「しかも、阿刺吉酒もしこたま呑んでましたからねえ……」

これは洋太の声であった。

しょんぼりと肩を落とし、情けなくゆがんだ顔まで眼に浮かぶようであった。

「いつになったら、この人は眼を開けて……」

「弾さんも歳なんだから、あまり無茶させてはいかん」

「おや、まぶたが動いたような」

「えっ？」

「あ……駄目だったか……」

お葉や忠吉など、さまざまな声が響いては遠ざかり、弾七郎は、ふたたび渾沌と混濁の巷へと沈んでいった。

深く、深く、昏々と眠りこける。

昏睡し——昔の夢を——見ていた。

（まあいいじゃねえか……）

人の生は夢だ。

人の生は芝居なのだ。

泡と生れ、泡と散る。弾(はじ)けてしまえば、それでおしまいであった。

(うつつなんざ、つまらねえつまらねえ……なあ？)

老いて弾けた弾七郎であったが、若いころは心が虚無に転がりすぎて、そんな詮(せん)ないことばかり考えていた気がする。

『不満はあっても不平なんざ吐かねえ』

弾七郎が、そう思えるようになったのは、老境に差しかかってからであった。

若いころは不平だらけであった。

いまでも不満の種には不自由しない。

だが、人は欲の塊だ。

生きているかぎり、すべてに満たされないのはあたりまえである。お城の殿様であっても、勝手自儘(じまま)の限りを尽くせるわけではない。やれお役目だ。やれ儀礼だ。むしろ、町人のほうが気楽であろう。

ともあれ――。

二

日影がくっきりと濃く、蟬の声はわあわあと耳にうるさい。

その日は、朝から暑苦しかった。

杉原弾七郎は、門前町の茶屋でひと休みしながら、地本問屋で買ったばかりの洒落本を読み耽ることにした。

弾七郎は十六歳になっていた。

兄弟のない一粒種で、なぜか〈弾七郎〉と名付けられた。〈弾〉はともかく、〈七〉は七難八苦からきたものか。せめて〈八〉であれば末広がりでめでたいが、名の由縁など、いまさら父に訊く気にもなれなかった。

体軀は針のように細く、紺の単衣と袴をすっきりと着こなしているが、だらしなく差した腰の大小はいかにも重たげである。

月代は丁寧に剃られ、髷の形は武家にしては粋である。面長で鼻筋が通り、このときから顎先は鋭利に尖っていた。

あと数年もすれば、さぞや伊達な色男になろうかと思わせる顔立ちだが、顔色は胸でも患っているかのように青白く、端の切れ上がった眼の下には、うっすらと隈が滲んでいる。

その眼は暗く沈み、冷え冷えと醒め切っていた。

杉原家は幕府の御先手組である。いざ戦となれば弓や鉄砲を手に先鋒を務めるはずだが、太平の世にどこで戦があるというのか。あってもなくても、たいしてちがいはなさそうだ。戦場へ勇んで出陣したところで、弾七郎の体軀では活躍もできないであろう。

武張った父は算術が苦手で、弾七郎もその血ばかりは濃く受け継いでいる。幼いころより病弱で、とても武芸にむいているとはいえない痩身短軀は、とうの昔に亡くなった母親譲りであった。

腕っ節もすこぶる弱かった。世を拗ねて、物事を斜に眺める癖がついてもしかたがないところだ。

だが、鉄砲だけは大の得意である。

小兵が大兵を倒せる唯一の武器であった。

ところが、関流砲術の修行がすすんで扱う鉄砲が大きくなると、弾七郎の小さな手には余るようになってきた。

砲術家として名をあげるには、師事している関家の印可状を得なければならず、免許を伝授されるには相応の金がかかる。

杉原家は清廉なる貧士なのである。

出世への野心は乏しかったが、裕福な家に生れなければ好きな鉄砲すら極められないとは、武士としていかがなものか……。

もっとも、いまどきの武家は、見栄と我欲で生きているようなものである。武芸に長けたところで貧士は貧士だ。口先と算術が得意な者が出世し、もはや刀などは腰の重しでしかなかった。

真面目な者ほど糞をつかまされるのが武家の世なのだ。

弾七郎は、はやくも十六にしてうんざりしていた。

それでも、鉄砲さえぶっ放せれば、頭の芯が澄み切って無心の境地にもなれたが、本所の星場は七月末に打治めである。来年の四月までは鉄砲を磨くことしかできず、病床の友として幼少より親しんできた読本か、芝居小屋に通うことくらいしか日々の鬱屈を晴らす手はなかった。

読本を開けば、暗い眼に喜悦が宿る。たちまち戯作者の筆が紡ぐ滑稽な物語に浸り切る。茶屋の娘が運んできた心太にも気がつかず、薄い唇に皮肉な笑みを浮かべ、紙をめくる手を止めることがなかった。

鉄砲と読本と芝居だけが、若き弾七郎のすべてであった。

読本も芝居も、きらびやかな偽りに満ちた世界である。貧者も大尽も殿様も町人も、みな等しく馬鹿を演じ、こけにされて泥の中を這いずりまわりながらも、この愚かな世を痛快に笑い飛ばしてくれる。

浮かれよ、浮かれよ。

このように浮世とは楽しいものなのだ。

偽りの世界では、それが真実なのだと――。

（いっそ武家の禄なんて捨ててしまいたいものだ）

弾七郎は、幾度それを夢想したことか。

父がそれを許すはずがなかった。他家が腸の腐れ者ばかりであろうと、忠臣こそ武士のあるべき姿だと頑なに信じているのだ。武家を捨て、主君をお見捨てするなど認めるはずがなかった。

それに、はたして武家を捨てて生きていけるのか、町人とはそれほど気楽な生き方なのか、と世間を知らない弾七郎は臆するばかりだ。胸中に晴れることがなく、ますます若い心を鬱屈に沈ませていた。

「おい、そこの小娘、よい尻をしておるな」

「や、やめてください」

「厭か？　そんなはずはなかろう」

「いえ、ほんとうに……」

「いや、まことはおれに抱かれたがっておるはずだ」

無粋なやりとりが、至福の時を邪魔した。

（……馬鹿がきやがったな）

弾七郎の眼に軽蔑が灯った。

見たところ、近くの剣術道場に通っている若い武家のようだ。五人ほどいた。どれも部屋住みの次男か三男で、役にありつく才覚もなく、世間にむかって荒ぶることが粋だと勘違いした阿呆面ばかりあった。

無頼気取りで、茶屋の看板娘をからかっているのだ。

弾七郎は読本を閉じた。

こんなところで、つづきは楽しめない。まだ心太は食べていないが、さっさと銭を置いて立ち去るべきだった。

そこへ、

「おう、やめねえか。娘さんが困ってらっしゃる」

声は甲高いが、やけに分別臭い台詞が無頼を咎めた。

傾いた町人髷の少年が発したものであった。着物の袖をまくり上げ、義憤に燃える眼で武家をはたと睨みつけている。

忠吉という岡っ引きの小せがれであった。

その傍らには、蓬髪頭の熊面が控えている。

藪木雄太郎という剣術屋のせがれだ。顔もいかついが、大柄な体軀は大人顔負けで、うっとうしいほどに筋骨が逞しい。浪人のような着流し姿で、腰には削りも荒々しい木刀を二本差しにしていた。

ふたりとも、弾七郎も通っている私塾の同輩であったが、いままで親しく口を利いたこともなかった。

岡っ引きなどは、商人に小銭をたかるしか能のない不浄役人の町方同心にまとわりつく小蠅のようなものであった。

剣術屋は剣術屋で、棒切れをふりまわすことしか能のないでくの坊である。

弾七郎は、どちらも苦手だ。いけすかねえ。

もっとも、狷介な批評眼にひねくれた性根が加わって、弾七郎には友垣と呼べる者などひとりもいなかったが……。

なあに、友垣など、いても邪魔なだけだ。どうせ馬鹿ばかりなのだ。馬鹿は馬鹿とつるんでいればよい。群れるのは弱者の証である。

「なんだ、この生意気な餓鬼(がき)どもは？」

「口の利き方がなっておらぬ。わしらで躾(しつ)けをしてやらねばな」

凄(すご)む武家へ、忠吉は伝法に答えた。

「お、やんのかい？　きなよ、この棒ふりどもがよ！」

「忠吉、おれも手伝うぞ」

雄太郎は、忠吉に腰の木刀を一本渡し、もう一本を下段に構えた。

馬鹿だ。木刀で真剣とやりあうつもりなのだ。

武家も、その無謀には気づいたようだ。

「おい、相手は子供だ。刀は抜くな」

「そうだな。斬(き)ったところで後生(ごしょう)が悪い。腕や足の一本も折ってやれば、大人に逆らう愚を悟るであろうよ」

「お、なんだ、抜かねえのか？　雄さん、これはいらねえや」

「そうか。なら、殴りあいだな」

忠吉と雄太郎は、そろって木刀を投げ捨てた。

からまれていた看板娘は、とっくに店先から逃げ、茶屋の奥から恐る恐る剣呑(けんのん)な騒ぎを見守っていた。

弾七郎は鼻先で嗤った。

(ふん、大人を五人も相手にして、どうするつもりだ? 後先考えずに喧嘩を売っただけか? まったく馬鹿なやつらだ)

町娘をからかうにしろ、血の気を持て余して喧嘩するにしろ、おのれの欲で動いているだけのことだ。正義ではない。ただの衝動だ。騒ぎの種を見つけて暴れたいだけなのだ。それでは獣と変わりはない。

そして、乱闘がはじまった。

「おりゃ!」

忠吉は俊敏であった。

いきなり飛び出すや、武家のひとりに頭からぶちかましをかけた。上手い、と弾七郎は声に出さずうなった。腹に一撃喰らった武家は、情けなくうずくまって、あたりに反吐を吐き散らした。

雄太郎の拳は、手近にいた武家の顔にめり込んだ。ぐえっ、と悲鳴を上げて、殴られた武家は顔を押さえて尻餅をつく。指の間から鼻血が滴った。

不意をついたことで、忠吉と雄太郎が有利に思われたが、道場組の武家も喧嘩には慣れている。

忠吉は体格の差で威圧され、雄太郎はふたりに挟まれた。こうなれば多勢に無勢である。反吐にまみれた武家も、顔を殴られた武家も、屈辱を怒りに変えて少年たちに襲いかかった。

雄太郎は、ふたりの敵にそれぞれ腕をとられたが、右腕を摑んだ武家に頭突きをかまし、やはり盛大な鼻血を噴き出させた。

忠吉も正面からはぶつからない。右へ左へとイナゴのように跳ねまわり、素早く動きまわることで翻弄した。背後にまわった忠吉に蹴りをいれられた武家が、弾七郎のほうまで勢いよく転がってきた。

「……あっ」

武家は弾七郎が座っていた床几に体当たりした。弾七郎は手に持っていた読本を地面に落としてしまう。床几が横倒しになり、食べそこねていた心太が引っ繰り返って、読本にぶちまけられた。

「ああっ！」

弾七郎は叫び、かっと頭に血を昇らせた。

待望の新作だ。まだ読みきっていなかったのだ。これを買うために、どれほど苦労して小銭をためたことか……。

「なにしやがんだ！　この糞どもが！」

とばっちりを喰らわせた武家の顔を蹴りつけた。

それでも弾七郎の怒りはおさまらない。忠吉を羽交い締めにしていた武家に後ろから飛びかかり、その首を締め上げた。

「な、なんだ？」

「こいつも餓鬼の仲間か！」

五人の武家は、思わぬ伏兵に騒然となった。

(気ままに人を殴っておいて、てめえの身は安泰だと思ってんのか？　だからこそ、こんなめにあうんだぜ。人は木偶じゃねえんだよ！)

やるとなれば半端ではいけない。殺すつもりでやるのだ。

暑かった。

猛烈な陽射しが弾七郎の青々とした月代を焼いた。

無我夢中で暴れまわった。奇声を発しつつ、当たるを幸いに細い手足をふりまわした。気がついたときには地べたに寝転がって、ぜいぜいと荒々しい呼吸を繰り返していた。

武家五人は退散したようだが、弾七郎はぼろぼろだ。ずいぶん殴られたのか、身体のあちこちがひどく痛んだ。

「あんた、だいじょうぶか？　血が出てるぜ」

忠吉が声をかけてきた。こちらも無事というわけにはいかなかったらしく、右眼を無様に腫れ上がらせている。

忌忌しいことに、雄太郎だけは無傷で平然としていた。

「助勢、かたじけない。同じ私塾の杉原弾七郎殿であったな」

「ああ、杉原の弾七郎さんか。どこかで見た顔だと思ったぜ」

「杉原殿も、無口でおとなしい人だとばかり思っていたが、やるときはやるのだな。いや、見直させてもらった」

「まったくだ。弾さんと呼んでもいいかい？」

忠吉は屈託なく笑っていた。

雄太郎も馬鹿面であった。

「……けっ」

弾七郎は、血の混ざった唾を吐いた。

「好きなように呼びやがれってんだ！」

弾七郎は、おのれを利口者だと思ったことはなかった。

馬鹿なのだ。かっとなると、後先考えずに暴れてしまう。しかも、獣のようにみっともない喧嘩をしてしまう。どうしようもないほどの馬鹿だ。しかし、自分より馬鹿がいたようだ。

だから……。

不覚にも、こいつらとなら友垣になれる気がしてしまった。

「よう……」

「ん？　なんだ？」

「弾さん、どうした？」

「……これから、芝居でも観(み)にいかねえか？」

ふたりの友垣は、笑って快諾してくれた。

きっかけは、そんなものであった。

なんとなく気が合って、それからは馬鹿三匹でつるむようになった。

盛り場で呑んでは騒ぎ、芝居を見物してまわり、登楼(とうろう)する銭もないのにきらびやかな吉原遊廓(よしわらゆうかく)をうろついて冷やかし、ときには無頼気取りの武家や破落戸(ごろつき)を相手に喧嘩をすることもあった。

遊びも悪戯(いたずら)も喧嘩も、友垣といっしょであった。

三

世の中は移ろってゆく。

天明六（一七八六）年に家治将軍が逝き、第十一代征夷大将軍には、御三卿一橋家の徳川家斉が就いた。

かつて権勢を誇った田沼意次も幕政の表舞台から追い落とされ、清廉な人物だと評判が高い陸奥白河の主君、松平定信が老中首座になった。

そして、三匹の馬鹿者らも二十歳をすぎていた。

藪木雄太郎は、本郷にある剣術道場の跡継ぎとして、さらに腕を磨かんと全国に武者修行の旅へと出ることにしたらしい。

忠吉は、はなから岡っ引きになる心積もりのようだが、親は親でべつの思案を持っているようであった。

弾七郎だけが、ふわふわした心持ちを抱え込んでいた。

行く先は、はっきりと見えている。家督を継ぎ、御先手組として奉公するのだ。武家として、他に道はなかった。

弾七郎の父は、武芸で仕えることへの矜持が強く、身体が動くかぎりは幕府への奉公をつづけたいと願っていたが、長年の深酒がたたって病床についたことで気弱になり、このごろは隠居をほのめかせていた。

しかし、弾七郎は、武家に愛想が尽きているのだ。

（おれぁ、江戸っ子になりてえんだ）

江戸生まれであっても、侍は〈江戸っ子〉とは呼ばれない。町人になって、ようやく江戸っ子になれるのだ。江戸っ子は、口先ばかりで腸はなしというが、空回りの心意気だけで生きてなにが悪いというのか。

武士の生き方は窮屈だ。

町人には威張り、同僚に見栄を張り、上役には賂を張り込んで機嫌をうかがわなくてはならない。好きなときに喧嘩もできず、届けを出さなければ気ままに泊まり歩くことさえできない。

武士であれば、町人であれば。

こうでなければならない、ああしなければならぬ。

なにかにつけて、そう決めつけられることが、型にはめられることを嫌う弾七郎はとうてい辛抱できそうになかった。

ならば、武士をやめ、町人になってどうするのか？

（おれぁ、役者になりてえんだよ）

ところが、町人にとっても窮屈な時世となっていた。

老中首座の松平定信は、奢侈を憎み、風俗の乱れを嫌った。役人の賄賂人事を廃止し、厳しい倹約によって破綻した幕府の財政を立て直そうとしているが、清廉に傾きすぎて、洒落本などの販売まで禁止してしまった。

（倹約倹約で、お江戸の灯が消えちまってらぁ。だからこそ、浮世の芝居がいるんじゃねえかよ）

愚痴をこぼしたところで、よけいに気が滅入るばかりであった。

弾七郎は、女隠密に惚れてしまったのだ。

そんなとき……。

見初めたのは、大伝馬町の外れにある絵草紙屋〈瑞鶴堂〉であった。

いつものように二匹の悪友どもと朝まで遊び、眠い眼をこすりつつ本町通りをそぞろ歩いていたとき、ふと弾七郎は思い立って、新しくできたばかりの絵草紙屋を覗きにいったのだ。

そこに、女はいた。

まだ十五か六の歳であったろう。

町娘の姿をしていた。

背は低いが、顔が小さく、身体もほっそりと均整がとれていた。

華やかで、鋭利な美貌であった。

しかし、なんとなしにおぼろげで、どこか儚げであった。たしかに、そこにはいるが、どこにもいないような——まるで夢のような——まさしく絵草紙からするりと抜け出てきたような美しい娘であった。

小春という名は、あとで知った。

ひょんな具合から、小春が松平定信の上屋敷に忍び込んだ腕利きの盗賊であり、紀州徳川家の隠密であったこともわかった。

ひと目で惚れてしまった。

弾七郎は、うつつの女が苦手であった。

女というものは、よくしゃべり、よく泣き、よく嘘をつく。小狡くて、その身は生臭い。甘えることで、頼ることで、騙すことで、おのれの欲を即席に満たそうとする賢しさが、いちいち癇に障った。

だが、夢の中からあらわれた女であれば、話はべつであった。

小春に逢いたくて、瑞鶴堂の常連になった。これもあとで知ったことだが、この絵草紙屋は御庭番衆の隠密宿であった。

通っても通っても、小春の姿は拝むことができなかった。

蜃気楼のような女である。追いかけたところで、手にとることも叶わぬ。そんなことは、はなから承知の上であった。

だが、ついに逢えてしまった。

どしゃ降りであった。

小春は、朱色の番傘をひらいて瑞鶴堂から出てきたところであった。

弾七郎は、雨を避けていた軒下から抜け、ふらふらとあとを尾けた。傘はないが、濡れるのは気にならなかった。矮軀が妙に火照っている。夢の天女とようやくまみえたのだ。

小春は、本町通りをお城のほうにむかっていた。

弾七郎は、頼りない足どりで尾けていく。

顔を合わせなくともよかった。遠くから眺めるだけで満足であった。ましてや、口を利くなど、思っただけで身震いしてしまう。夢は夢だ。うつつと対峙して、わざわざ幻滅することもない。

小春は、どしゃ降りの中で立ち止まった。

弾七郎も足を止めると、ぴちゃっ、と水たまりが跳ねた。

「はて、あたしを尾けている酔狂な旦那はどなたで？」

小春はふり返った。

弾七郎は、ひゅっ、と息を吸った。

喉の奥がひきつって言葉が出てこない。かといって、ここで逃げるわけにもいかず、よたよたと女に歩み寄った。

「あなたは、たしか忠吉さんといた……」

紅い唇が柔らかく微笑んだ。

惚れた女の口から悪友の名を聞いて、なぜか弾七郎の胸がみしりと軋んだ。

「す……す、杉原弾七郎というもんさ」

ようやく声を絞りだした。

小春は愛らしい仕草でうなずいた。

「杉原様、それで、あたしになにか？」

「お、おれは……おれは……」

なにを伝えるつもりであったのか、弾七郎は頭の中が真っ白になって、いきなり水たまりの中で土下座をしていた。

「お、おれに嫁いでくれ！　頼む！　後生だ！」

小春は困ったように押し黙った。

しばらくして、くす、と小さく笑った。

「忠吉さんからお聞きになったかと存じますが、あたしは紀州徳川家の隠密でした。しかし、いまは松平定信様に拾われて、幕府のために働く身となっております。勝手気ままはできませぬ」

だから、なんだってんだ！

弾七郎は、胸のうちでそう吠えていた。

そんなことを聞きたくて、一世一代の大恥をかいているわけではないのだ。

「な、なら、おれと……逃げてくれないか？　あんたといられるんだったら、どこでもいいんだ。みんな、なにもかも捨ててかまわねえ。あんただけでいい。おれは、あんたを幸せにする。だから……だから……」

「あたしはね、逃げるお人とは添えませぬ。なにひとつ捨てることなく、立ち向かう人が好きなのです」

その声は、小娘とは思えないほどに優しかった。

「そ、そりゃ……」

頭の中にどん帳が下りた。真っ暗闇だ。

小春は、不思議な眼をしていた。

心の奥底まで冷徹に見通すような眼差しで、じっと弾七郎を見つめていたが、やがて切なげに瞳をゆらした。

「ああ……なんとなく、わかりました。ごくたまに、あなたのような人もいる。仙境で遊ぶのがふさわしいのに、なにかの悪戯でこの世に生れ落ちてしまったお人。本身はうつつにあり、心は夢の中にあるお人。だから、どこまでも初心で優しいお人」

「あ、ああ……」

「それでは、あたしの夫にはなれませぬ」

「あ……」

弾七郎は――。

嗚咽した。

「でも、あたしはうらやましく思います。あなたの心に棲んでいる夢のあたしを。だから、どうかその美しい夢の中で、いつまでもあたしを飼っていてくださいな」

どしゃ降りが背中をたたく。

雨に濡れて着物が重かった。

いっそ、このまま水たまりに溶けてしまいたかった。

「それに、ねえ、杉原様……」

小春の声に恥じらいが混ざった。

「あたしは、すでに忠吉さんに嫁ぐと心に決めているのです」

弾七郎は顔を上げた。

あまりのことに茫然（ぼうぜん）としていた。

（……ちょ！）

うつつは、いつもこうして彼を残酷に裏切るのだ。

その後――。

藪木雄太郎は、いよいよ剣術修行の旅に出た。五年かかるか、十年は必要なのか、いつ江戸に戻れるかはわからないという。

出立（しゅったつ）の日、弾七郎は忠吉とともに上野まで雄太郎を見送っていた。

忠吉は、岡っ引きではなく、なんと町方同心になった。武家の端くれとして、吉沢の姓を名乗ることになった。

忠吉の父は、岡っ引きの大親分である。数十人もの忠実な手下を顎先で使い、与力でさえ一目置くほどであった。

岡っ引きとは、幕府の奉公人ではない。町方同心の下働きである。微禄の同心が渡す小銭だけで暮らしが立つはずもなく、忠吉の父は手下らに店を持たせてお上のために働かせていた。

幕府は、見回り先の商人から賂をせびる岡っ引きを破落戸と同じに見做していたが、奉行所の人数だけでは手が足りず、しかたなく黙認してきた。

ところが、清廉な松平定信が幕政を掌握したことで、卑賤な岡っ引きを使うことはまかりならぬということになりかねないと先読みし、忠吉の父は同心株を買って息子に与え、手下も忠吉に引き継がせたのだ。

しかし、松平定信は、その潔癖すぎる政策の数々を強行したことで方々から憎まれ、やがては家斉将軍とも対立するに至った。

定信が老中の座から引きずり下ろされたのは、忠吉が武家の端くれに戸惑いながらも滑り込んだのち――。

寛政五（一七九三）年のことであった。

四

杉原家の弾七郎は、許婚の武家娘と逢瀬を重ねていた。

婚姻は家督を継いでからであったが、先方の女中に手引きされたのだ。

悪い女ではなかった。気立てがよく、武家娘にしては奔放で、幾夜も親の眼を盗んで褥をともにした。しかし、惚れていたわけではなかった。ただ若さが女を欲していただけであった。

見栄も恥も捨てて熱い思いのたけをぶちまけ、あっさりと小春にふられたことが、いまだに弾七郎の腸をぐじぐじと煮え腐らせていた。その傷を癒すように、許婚の柔肌に溺れつづけたのだ。

弾七郎が家督を継いで数日後のことであった。

父が亡くなった。

父の病は日に日に重くなり、ついには床から起き上がれなくなっていた。明け方に、ひっそりと息をひきとった。あまり苦しまなかったようだ。武一辺倒にしては、穏やかで静謐な最期であった。

喪に服すあいだ、婚姻の儀を見合わせることになったが、許婚は間もなく輿入れだというのに沈んだ顔をしていた。

武家を捨てる。

胸の奥でくすぶっていた思いを、ついに弾七郎が語ったからであった。

町人の女房になってくれと口説いてみた。すでに肌の馴染んだ女であった。この女であれば大事にできる。好きになれる。惚れることもできる。身勝手な若さが、そう思い込ませていた。

許婚の沈んだ顔を見て、すぐに後悔した。なに冗談さ戯言さと焦って言葉を濁したものの、許婚の表情が晴れることはなかった。

「すべて……わかっておりました」

許婚は、ただ哀しげな声でそうつぶやいただけであった。

(なにをわかっていたというのか……)

弾七郎は、はっと悟った。

背筋に冷や水を浴びせられたようであった。

許婚は、弾七郎に惚れた女がいたことに気づいていたのだ。男の熱い肌を通して、なんとなしに伝わったのであろう。

優しい女であった。しかし寂（さび）しい女であった。

弾七郎は捨てられた。

それから、ふたたび逢うことはなかった。

（ちょ！　ちょ！　ちょ！）

武家の婚姻とは、親族を増やすことで家の力を高めるためのものだ。みずから武家を捨てようとする馬鹿に大切な娘を嫁がせる親はいない。こうなることは考えなくともわかっていたはずだ。

それでも、胸の奥が幾晩も軋んだ。

どうしようもない男だ。情けない男だ。生きるだけで人を傷つける。ならば、武士などやめたほうがよい。あの女を抱いた夜の数だけ、この痛みには堪（た）えなければならないのであろう。

元許婚の女は、すぐに四谷（よつや）の武家へと嫁いでいった。

そして、ようやく弾七郎も吹っ切れた。

本所の星場でひとり鉄砲の打治めをした。

耳を震わす轟音（ごうおん）が好きであった。玉薬の燃える香ばしい匂（にお）いも好きだ。的の中心に、ぽつりと穴が空いたときの快感などは、もう言葉に尽くせない。

だが、それもおしまいである。

武家株を売り払った。

せいせいした。

杉原弾七郎は――ただの弾七郎になれたのだ。

五

武家をやめ、住むところも失った。

弾七郎は、常連になっていた一座の小屋に転がり込んで、裏方での手伝いを条件に当面の寝所をせしめることができた。

すでに座頭(ざがしら)とは顔見知りではあったが、武士を捨てたことを晴れ晴れと話すと、呆(あき)れたような、納得したような顔でうなずいてくれた。

「まあ、いつかそうなるんだろうとは思ってたさ。あんた、御武家が務まる顔じゃない。あたしは骨相も観(み)るんだ。そんなに尖った顎じゃ、斬り合いンなっても、どっちが刀か迷うだろう。うっかり白刃を顎で受けでもしたら大怪我だ」

どこが骨相なんだかわかりゃしない。

「ああ、いいよ、役者になンな。あんた、役者の顔をしてる。舞台で月の代わりもやっとくれ」

座頭は、顎の裏をぽりぽりと指先でかいた。

心にもないことを口にするときの癖である。本音では、元武家の若者に転がり込まれて始末に困っていたのだろう。

つまり、お人好しで、鷹揚な座頭なのである。

小ぶりだが、粋な芝居をする一座であった。滑稽な出し物が得意で、客をしっかりと笑わせるところが弾七郎の気に入っていた。

役者になンな、と座頭にいわれたものの、そんなにたやすい世界ではない。上手かろうが下手だろうが、生れたときから舞台に立っているような役者がうようよいるのだ。

はじめは下男より下のあつかいだ。弾七郎はよく働いた。なんでもやった。苦にはならなかった。お客様ではなく、舞台を支える裏方のひとりとして、芝居の空気を吸っているだけでも幸せであった。

ひと月と経たないうちに、弾七郎が武士であったことなど誰もが忘れていた。それほど場に溶け込んでいたのだ。座頭でさえ、もう弾七郎が何年も働いていると思い違いをするほどであった。

当の弾七郎でさえ、武家であったことなど忘れていた。

身を粉にして働く上に、独特の愛嬌があるということで、人気役者のお伴で遊廓にも連れていかれた。

お大尽の太鼓持ちも苦にはならなかった。客のことは、はなから馬鹿にしている。だが、それを顔を出すほど初心でもない。

一座の者と博打に興じることもあった。昔から不思議と賭事には強かったが、ここで勝ちまくっても嫌われるだけだ。わざと負けるために、いかさまを覚え、ほどほどに遊んでいた。

息苦しかった浮世が、これほど気楽なものであるとは信じられなかった。水が合っていたのであろう。武士をやめてよかった。もっとはやくこちらに飛び込むべきであったのだ。

浮かれよ、浮かれよ。

このように浮世とは楽しいものなのだ。

偽りの世界こそ真実なのだ。

酔狂こそ、弾七郎が生きるべき道であった。

本来、〈浮世〉とは〈憂き世〉である。辛く、儚いものだ。だからこそ、いっそ楽しく浮かれて暮らしたいと、〈憂き世〉は〈浮世〉になったのだ。

楽しいときほど時の流れははやい。

鬱屈していた少年のころに比べれば、べつの生に転じたかのようであった。苦も楽もてめえのもんだ。てめえひとりのもんだ。誰にもやりゃしねえ。たっぷり遊び尽くしてやらあ。

そんなこんなで、日々を陽気に遊び暮らしていると、降って湧いたように端役が与えられることになった。

初舞台で、ふと即興で口走った洒落がウケにウケた。芝居の筋にないことだから、あとで座付き作者からたっぷりと叱られたが、客席がどっと沸く味を知ってしまえば、もう舞台を降りることなど考えられない。

座頭は、弾七郎の洒落を気に入ったようだ。

この世界はウケることがすべてなのだ。

軽快にして即妙。

それが弾七郎の持ち味となった。

次から次へと役を与えられ、弾七郎の人気はしだいに高まっていった。ときには主役を食うほどの大ウケもとった。常連の贔屓筋もつき、次の演目で主役をやらせてみちゃどうだという声も聞かれるようになった。

しかし、主役だけは、さすがの座頭も認めなかった。

弾七郎も同じ意見である。

若いころの甘さは抜け、いまや壮年期である。目元が涼しげで、なかなかの色男ぶりではあったが、体軀が貧弱な上に面相も癖が強すぎた。長すぎる顎はカツラや化粧でなんとかなるものではないのだ。

だから、主役にだけはなれなかった。〈斬られ役の痩せ浪人〉に扮して、甘い芝居をしている主役を食うのがせいぜいである。

弾七郎は、それだけで充分に満たされていた。実入りのほとんどは読本に注ぎ込み、恍惚として偽りの世界に溺れていた。

ある日、元許婚から文が届いた。

夫が亡くなったという。寂しいから、ひと目でも逢いたいという。

弾七郎は返事を出さなかった。

かつて許婚であった女は、嫁ぎ先で夫と仲睦まじく幸せに暮らしていたと耳にしていた。それでよいはずであった。

もはや身分がちがうのだ。

ずいぶんあとになって、女が亡くなったと風の便りで聞いても、弾七郎の痩せた胸には哀切の風さえ吹かなかった。


お葉との出会いは、弾七郎が齢三十五のときであった。

商家のひとり娘が、舞台上でなますに切り刻まれる弾七郎を見初め、お伴の女中に連れられて楽屋裏までやってきたのだ。

このとき、お葉は二十歳。

ひょろりと背が高く、尻の小さな女であった。

すっきりとした細面で、はにかんで笑うと一重の眼が狐のように細くなる。肌は透けるように白く、白粉臭さが微塵もないところが、どこか浮世離れした天女の姿にも重なった。

弾七郎が天女だと思った女は、それまでひとりしかいなかった。

この歳になると、女との付き合いにも慣れてくる。役者に惚れる女なんてのは、たいがいひでえもんだ。てめえの姿を役者という鏡に映して、うっとりしている手合いもいる。どうしようもねえ……。

だが、お葉はちがった。

芝居好きをこじらせ、弾七郎と同じものを眺めている。誰にもわかっちゃもらえねえ風景だ。つまらねえ浮世など見ちゃいねえ。しかし、夜見る夢の真実だけは恋い焦がれるほどに知っている。そんな女だ。

弾七郎は震えた。

そして、惚れた。

「へっ、許婚がいンのかい？　しったこっちゃねえや。おう、おれと生きるか、それとも好きでもねえ男のところへ嫁ぐのか、はっきりしろい。しかと約束はできねえが……幸せにしてやンぜ」

互いの想い(おも)をたしかめると、ふたりは手をとりあって上方(かみがた)へと駆け落ちした。大坂や京は旅のどさまわりで訪れている。弾七郎は天にも昇る心地であった。お葉は、惚れた女と逃げる夢まで叶えてくれたのだ。

もちろん、お葉の親元は大騒ぎになったらしい。弾七郎は、江戸の座頭を介して、お葉との仲を認めてくれるように懇願の文を幾度もしたためたが、そのたびに怒りに満ちた返事が届いた。

三年ほど経ってようやく諦めがついたのか、ふたりの仲をしぶしぶながら許すという文が届き、大坂や京の芝居小屋でそれなりに気楽にやっていた弾七郎とお葉は、お江戸へ舞い戻ることになった。

やはり江戸である。

水が不味く、埃くさいところがたまらなかった。

弾七郎は、駆け落ちて不義理をした後始末で、一からやり直しをしなくてはならなかった。江戸の役者として、華のある時節は逃した。なに、後悔などしていない。お葉がいるのだ。それだけで幸せであった。

出奔前の立場に戻るまで、五年ほどかかった。

役者の実入りが減ったぶんは、得意の博打で稼いでいた。勝つも負けるも自在の弾七郎であるが、博打は幕府の法に触れる遊びである。ほどほど儲けたところで、寂れた居酒屋を安く買った。

芝居で食っていけなくなっても、これでなんとか凌げると安堵した。

そんなとき、ひとりの若者を拾ってしまった。

出会ったのは賭場(とば)であった。

背が高く、痩せた野良犬のような若者であった。なにが面白くないのか、どっぷりとやさぐれて、総身にささくれた気をまとっていた。奇天烈(きてれつ)な着物をだらりとはおって肩をいからせている。あとで聞きだすと、どこかの芝居小屋から盗んできたものだという。

やさぐれた若者は、賭場でいかさまをやった。よりにもよって弾七郎の隣でやらかした。子供のヤンチャだ。見逃してもよかったが、あまりにも雑で、下手くそで、捨て鉢でありすぎた。

賭場のやくざに見つかって、殺されるためにやっているとしか思えない。その歳で、もう死にたいとでもいうのか。

だから、弾七郎が殴った。

賭場のやくざも腰を浮かして驚いていたが、いきなりものもいわずに殴りつけ、ひたすら殴りつづけたのだ。

若者は殴られるがままであった。若いから、力も余っているはずだ。小男の弾七郎などはねつけようとすればわけもない。が、なぜか抗(あらが)いもしなかった。殴られながら、潤んだ眼で、弾七郎の顔を不思議そうに見つめていた。

弾七郎も、殴りながら泣いていたのだ。

痩せ身という他に、外見は蚊の糞ほども似ていなかったが、ひどく鬱屈をためた若い眼に、昔の自分を重ねて見たのかもしれない。

弾七郎は、顔を腫らした若者を賭場から引きとった。

若者は、洋太と名乗った。

本所生まれで、はやくに両親を亡くし、天涯孤独であるという。誰にも頼ることができず、崩れて生きてきたことはまちがいない。根無し草など、口で騙るほどたやすいものではないのだ。身を横たえる寝床を得ることが、身寄りのない者にはどれほどたいへんなことか……。

洋太を湯屋に連れていき、身ぎれいにさせた。髪を整えて、顔の腫れがひいてしまえば面相は悪くない。

座頭に相談してみると、弾七郎が一切の面倒を見るのであれば裏方で使ってもよいという。あいかわらずの鷹揚さであった。

芝居のこと、舞台のことは、弾七郎が一から仕込んでやった。生意気で不器用で、端役で舞台に放り込んでも半端なことしかできない小僧だが、どこか憎めないところがあり、弾七郎もさんざん可愛がった。

頃合いを見て、お葉にも引き合わせてみた。洋太のどこが気に入ったのか、養子にしたいとねだってきた。長らく子を成せないことでお葉も苦しんでいたのであろう。

弾七郎は承知した。

（なんてえこった！　家族が増えちまった！）

弾七郎は、いよいよ役者稼業にいそしんだ。


だが、天は妙な悪戯をする。

お葉が上方遊行での手遊びで書いていた戯作が、ふとしたことで版元の眼に触れ、これが売れに売れてしまった。弾七郎は喜びつつ狼狽もしたが、お葉はおっとりと困惑したように小首を傾げていた。

まわりの眼も変わった。

女でしくじり、歳ばかり食って主役にもなれなかったへぼ役者への同情が、妬心と嘲弄にとって代わったのだ。

人は人を見下したがるものだ。不幸を見れば舌なめずりをし、優しく話を聞くふりをして酒の肴にする。てめえも恵まれた人生とはいえないにしろ、まだこいつよりはマシだと思いたいのだ。

だから、それまで見下していた者に幸せが降ってくれば、やっかみ半分で腐しはじめる。てめえだけ反吐の巷から抜けようったって、そうはいかねえ。そんなことお天道さまが許しゃしねえぞ……。

弾七郎は荒れた。荒れ狂った。

「おうおう、女房の稼ぎで食わせてもらってるだ？　あやかりてえだ？　ばあろい！　こちとら、食うために芝居やってんじゃねえんだ！　心意気でやってんだ！　文句があるやつぁ、両国橋を尻に蹴っ込むぞ！」

毎日が喧嘩であった。

逆にのされ、傷だらけになることも珍しくない。てめえがいくら恥をかこうが屁とも思わぬ。むしろ、お手の物だが、口さがない世間によって、恋女房のお葉が傷つくことだけは許せなかった。

やがて、芝居仲間にも避けられるようになると、洋太にさっさと居酒屋を譲って、弾七郎はひとり長屋へ移った。

昔からの本好きは、この歳でもやむことがなかった。それどころか、ますます病を高じさせている。小銭がはいるたびに読本や古書などを漁り、ついに置く場がなくなったので借りた部屋であった。

しかし、長屋に人が住んで悪いはずもない。

私塾の恩師が亡くなった。

その報せを受けた弾七郎がお悔やみにうかがうと、懐かしい二匹の悪友とふたたび顔をあわせることになった。

その帰り道である。

「享年七十六か……」

「先生は、意外とお若かったのだな」

雄太郎は老けていた。忠吉も老いていた。ふたりとも髪は白い。シワも増えた。しかし、その眼は変わっていなかった。

「よい人であった」

「喧嘩は弱かった」

「泣き虫だったな」

そろって供養にもならないことを口にした。

三匹は恩師のことが好きであったのだ。

「先生が飼っていた兎を鍋の具にしてしまったのは、いまでも悔恨の極みだ」

「うむ、悪戯にしても度が過ぎておったな」

「ああ、あのときの先生の哀しそうな眼は忘れられねえや」

「しかし、兎は美味かったな」

「ああ、美味かった……」

へっ、と笑った。

弾七郎は、なんだか愉快になってきた。

こうして、また三匹で遊べる日がこようとは思わなかった。これだから、この人の世の生もまんざらではないのだ。

「どうだ、もう一杯ってのは？　おれの住んでる長屋が近くにあるんだ」

「うむ」

「そうするか」

古町長屋に連れていくと、雄太郎が怪訝そうに太い眉をひそめた。

「ん？　ここは……」

「ああ？　なんでえ、雄の字も住んでやがったのかよ！」

弾七郎は眼を剝いた。

呆れたことに、あいだにひと部屋挟んだところに悪友がいたのだ。なんでも道場をせがれに譲り、生涯剣客のくせに隠居を決め込んでいるという。

「そうか。あいだのひと部屋が空いてるのか。うむ……同心の役をせがれに譲ったら、わしもここに住むか……」

忠吉が、枯れた声でつぶやいた。

弾七郎は、思わず訊いていた。

「おい、小春ちゃんはどうしたんだ？」

「ああ……とうに出ていったよ」

六

文政十二（一八二九）年。

陸奥白河で隠棲していた松平定信が、この世を去った。

その翌年のことだ。

忠吉は隠居となり、古町長屋の新しい住人となった。

そして、晩年がやってきた。

(なんだ、もうおっ死ぬのかよ。人の生なんぞ、あっというまだな、おい)

弾七郎は、枯れ木のような短軀を床に転がしている。

見えるのは天井の板目ばかりだ。気怠く、手足に力が入らない。なるほど。これでは起き上がることすらできまい。

老練な役者として芝居町で認められて、ときおりは主役を張るようになっていた。舞台のない日は、昼から居酒屋をまわって大いに酔っ払い、愉快に浮世の春を謳歌していたが、永代橋ですっ転んで白髪頭をしたたかに打ち、ついに臨終間際の段に至ってしまった。

「弾七、もはやいかぬか」

「好き放題に生きてきたんだ。弾さんも、さぞ満足だろうよ」

枕元では、二匹の友垣が好き勝手なことをささやいていた。

恋女房が、養子が、声を押し殺して泣いている。

(ふふん、悪かあねえや。お葉より先に逝けるんだ。寂しかあねえぞ。ああ、なかなか面白い人生だったじゃねえか……)

浮いて浮かれて、ずいぶんと楽しませてもらった。

寝たきりってのは、どうにもいただけねえ。出番の済んだ役者が、いつまでも舞台に残っていれば、客は興醒めしちまう。心の臓も弱々しく、息もか細い。このまま眠っちまえば、安らかな心持ちで、あばよと――。

(ん？　そういやあ……)

弾七郎は、未練をひとつだけ残していた。

(おれの鉄砲はどうしたんだ？　ありゃあ、どうなるんだ？　誰かが始末すんのか？まさか売っちまうってんじゃねえだろうな？)

今際の際だというのに落ち着かなくなった。

洋太に頼んで、長屋に隠している鉄砲を寝床まで運ばせようと思案した。誰かに見つかって、お上に召し上げられてもたまらない。

だが、眼は開かなかった。身体がぴくりとも動かない。死にかけとはいえ、このありさまはなんとしたことか。

この感じを、弾七郎は知っている気がした。

たとえば、夕闇の土地で牙を剝いた野犬と出くわし、身体は必死に逃げようとしているが、まるで川の中を歩いているように足の動きが鈍くて……。

あるいは、呑みすぎて尿意を催したが、どこにも厠が見つからず、いつまでも果ての見えない道を歩きつづけているような……。

（おい……待て、待てよ……待て待て待て待て！）

弾七郎は、ようやく違和の正体を悟った。

これは夢だ。

うっとりと死んだ心持ちに浸っているどころではない。

よい夢であったが、そろそろ目覚めるべきであった。

恋女房が待っているのだ。

読本も夢。芝居も夢。酒も夢だ。人生は夢だ。

壺中の天であった。

『壺中の天』とは、『後漢書』にも載っている故事のひとつで、壺の中にひろがる異なる世界のことであった。そこから転じて、酒を呑んでこの世の憂さを忘れる楽しみを示す言葉であった。

さらに、儒者として高名な荻生徂徠の高弟であった南郭はこう書き残した。

〈人生の妄中に在り〉

人の生は本質的に虚妄を必要とするものなのだ。

ならば、うつつは弾七郎を必要としているはずであった。

歩く虚妄老人の出番である。

「寝てられっかよ！」

弾七郎は跳ね起きた。

「だ、弾さん！」

「弾七、狂ったか！」

「うるせえ！」

老友二匹を怒鳴って追い散らし、泣きながらすがりつく洋太を蹴り飛ばしてから、お葉の小ぶりな尻をてろんとなでると、弾七郎はなぜか長屋の大家が抱えている壺の中へ頭から飛び込んだ。

七

「……弾七、もはやいかぬか」

「好き放題に生きてきたんだ。弾さんも、さぞ満足だろうよ」

芸のないことに、枕元で二匹の友垣が夢と同じことをほざいていた。

弾七郎は、くわっ、と眼を開いた。

「おう！　まだ死なねえぞ！」

「弾さん！」

「迷うたか！」

「うるせえ！」

弾七郎の答えも芸がなかった。

目覚めてみれば、〈酔七〉の二階であった。猛った勢いで身体を起こすと、うおおおっ、と弾七郎は頭を抱えて呻いた。頭のてっぺんから錐でも突っ込まれたように激しく痛んだのだ。

「お、親父さん……眠りっぱなしで心配しましたよ！」

「てめえもうるせえ！」

かっとなって、泣き顔でしがみつく洋太を張り倒した。

うおおおっ、と弾七郎はふたたび頭を抱えて呻く。尋常な頭痛ではない。二日酔いを、さらにひどくしたものであった。

「親父さん、ひでえや……」

「そうだ。ひどいぞ弾七よ」

「鬼か、弾さんは」

悪友どもは、養子の肩を持った。こうなりゃ、とことんだ。頭の痛みを意地で嚙み殺し、弾七郎は寝着の袖をまくり上げた。

「おはよう、弾ちゃん」

「お、お葉……！」

弾七郎は背筋を伸ばした。

ふり返ると、女房の恋しい顔がそこにあった。

「弾ちゃん、もうね、お酒は呑んじゃいけないよぅ。ふん、馬鹿な混ぜ酒ばかり呑んでるから、こんなことになるのさ。だから、あちきが呑んでもいいよって許すまで、一滴だって呑ませないからね。あちきはね、死んだって弾ちゃんとお別れする気なんてないんだからね」

お葉もさんざん泣いてくれたのか、まぶたが赤く腫れ上がり、眼も開けられないようであった。

「お、おう……」

弾七郎も、ここはうなずくしかなかった。

てめえが死んだら誰かが泣いてくれるなんて、若いころは思っていなかった。友垣は二匹いたが、いつかは離れ離れンなる。死ぬときゃひとりぼっち。そう思い定めていたのだ。

（だが、どうだ？　いまじゃ、泣いてくれるやつがたくさんできちまった。ああ、死ねねえ。こりゃあ死ねねえぜ）

ま、しばらくのあいだは……。

にやり、と弾七郎は笑った。

「なあ、お葉」

「あい？」

「あばよ、てなあ……地獄太夫のちょんの間さ」

親しき者へ別れを告げることは、ほんの少しのあいだ死ぬことに等しいのだという洒落のつもりであったが、お葉をはじめとして、誰もがきょとんとするばかりで、くすりとも笑ってくれなかった。

「ふん……おりゃあ、ちと寝直すぜ……」

弾七郎は、ごろんと横たわって、みなに背中をむけた。

そして、ひっそりと顔を赤らめた。

（ああ、夢ン中に戻りてえ……）

ウケない役者など、もはや死んでいるも同然なのだ。

第四話　化け物屋敷の宴

一

　年寄りは朝が早いというが、弾七郎にはあてはまらない。

　できれば、ずっと眠っていたい。

　寝汗にまみれようが、蚊にくわれようが、枕と読本をもろ手に抱きしめて、へらりへらりと夢の中で遊び惚けていたかった。

　ところが、その日は早起きをしてしまった。

　このところ、いつもそうであった。寝つきが悪く、寝起きはもっと悪い弾七郎が、明烏と競うように目覚めてしまう。

　昏睡から目覚めたとき、お葉から断酒を強いられたせいであった。

酒のせいじゃねえやい！

ありゃあ、阿芙蓉の煙を吸ったせいだ。

そう言い張ったところで、古女房の耳には届かないのだ。こうと決めたら、なにがなんでも節を曲げない頑固な女であった。

おかげで、妙に身体が軽かった。

足元が雲を踏むようで落ち着かず、どうにも具合が悪い。眩暈がして、幻覚まで見えてきそうであった。

舌の根が痺れるほど濃い茶を飲んだところで、煙草を矢継ぎ早に喫んでごまかしたところで、これぱかりはどうにもならない。

おまけに、寝込んでいるあいだに気砲を盗まれてしまった。生真面目な忠吉がこっそり持ち去ったのかとも疑ってみたが、そもそも気砲の隠し場所は弾七郎しか知らないことであった。

盗人が持っていったと思うしかない。

かなりの腕利きだ。

盗まれたら盗まれたで、友垣どもは大騒ぎであった。

弾七郎といえば、ひたすらがっかりしていた。

日頃は根拠もなく強気な老役者が、夜の蒸し暑さで寝苦しいこともあって、すっかり気を滅入らせていた。

だから――。

長屋をよろりと抜け出ると、弾七郎は地本問屋へ足をむけるのだ。

「弾七郎様、弾七郎様」

行きつけの地本問屋〈瑞鶴堂〉で、弾七郎が目ぼしい読本を片端から漁っていると、主人の藤次郎が困ったような声をかけてきた。

「あとにしてくんな。ちょうど見せ場なんだからよぅ」

「いえ、立ち読みでは、こちらの商売に差し障ります」

「ああ、すまねえな。小上がりで座って読みゃよいのか？」

「小上がりって……うちは茶屋ではありませんよ」

藤次郎は呆れたようであった。

弾七郎は、どろりと倦んだ眼でふり返る。

「なんでえ？　んじゃあ、どうしろってんだよ」

「それはもう、きちんとお買い上げになっていただかないと」

「おう、買いてえさ。買いてえよぅ。だけどよぅ……」

懐中の銭が乏しいのだ。

「なるほど。しかし、それほど読本に餓えてらっしゃるので？」

「ああ……」

餓えているというより、好きなものにどっぷりと頭から浸かっていないと、酒がほしくて頭がどうにかなりそうなのだ。

藤次郎が、声をひそめてささやいた。

「……では、耳寄りなことを……」

「ああん？　なんだってんだ？」

弾七郎は、訝しげに眉をひそめた。

藤次郎も謹厳な商人ヅラをしているが、腹に一物あるクセ者である。なにしろ、忠吉の女房の甥であった。ただ者のはずがなく、じつは幕府の御庭番衆である。地本問屋も仮の姿で、ここは隠密宿なのであった。

「ええ、四谷のほうにですな、櫻井様という三百石扶持のお武家が住んでおられてですな。いえ、ずいぶん前に当主がお亡くなりになって、いまでは住む者もなく荒れ放題になっておりまして……」

この時世に空き屋敷とは、もったいない話であった。

江戸には逃散(ちょうさん)農民や浪人が毎年のように流れ込み、どこもかしこも人であふれているというのに……。

「四代目の鶴屋(つるや)南北(なんぼく)なら、先年に逝っちまったぜ。ありゃ、よい立作者(たてさくしゃ)だったがなあ」

「怪談じゃありませんよ」

「なんでえ。ちがうのかよ」

鶴屋南北といえば、木挽町(こびきちょう)の河原崎座(かわらさきざ)に『天竺徳兵衛韓噺(てんじくとくべえいこくばなし)』を書いて大当たりをとり、『東海道四谷怪談(とうかいどうよつやかいだん)』などでも名を馳(は)せた、怪談と諧謔(かいぎゃく)を得意とした歌舞伎(かぶき)狂言の名人であった。

「じゃあ、なんだってんだ？　ええ？」

「ですからね」

藤次郎は、さらに声をひそめた。

「亡くなられた櫻井様は、読本がたいそうお好きでございまして。ええ、床が抜けるほどの蔵書が、埃(ほこり)をかぶったまま屋敷に遺(のこ)されているとか……」

「へえ……？」

弾七郎の眼に、やや生気が戻りはじめた。

三百石とは、ちょっとしたものである。贅沢さえしなければ、暮らしていくのに苦労はないはずであった。まして、読本が好きとあれば、ちまちま買い集めて、どれほどの蔵書を溜め込んでいたものやら。

「そりゃ、もったいねえな」

「ええ、ええ、屋敷も本も放っておかれれば傷むばかりで。なんと申しますか、じつに可哀想なことで……」

「だな！」

思わず鼻息も荒くなる。

どんな仔細があるのかは知らないが、ろくに手入れもされていない見捨てられた屋敷なのだ。こっそり忍び込んで、積み上げられた読本が何冊かなくなったところで、露見することもあるまい。

どうせ読む者もいない哀れな本たちなのだから――。

二

「せぇあ！」

藪木雄太郎は渾身の打突を放った。

昨夜から腹を下して寝込んでいる息子の代わりとして、藪木道場へ稽古にきた長部隆光の相手をしているのだ。

老骨とはいえ、若い者にひけをとるつもりはない。道場は譲ったが、剣の道に隠居はないのだ。虚実を織り交ぜた気組で翻弄し、堅牢な防御をこじ開けて、正面からの一撃をまともに浴びせた。

隆光は吹っ飛び、道場の羽目壁に叩きつけられた。

（巧い！）

雄太郎はうなった。

手加減など考えていないため、木刀の先で喉を破ったかと思ったが、隆光はみずから後ろへ跳ぶことで突きの威力を半ば減じていた。わかっていたところで、たやすくできることではない。

　隆光も天賦の剣士であった。

　しかし、あまりにも激しくぶつかったため、羽目板が外れ落ちてしまった。

　ひとつ羽目板が外れると、その両隣もぱたぱたと倒れていく。

　雄太郎は、外の眩い陽光に片目を閉じた。

「うむ、もういかぬか……」

　昨年の秋に、不逞の輩どもによって道場は半壊の憂き目に遭っていた。

　さる筋より見舞金が出たことで、ひとまず稽古ができる程度には修繕してみたが、いつかはこうなるであろうと覚悟はしていた。

　形あるものには必ず寿命があるのだ。

「……これは建て直さねばなりませんかな」

　隆光は立ち上がると、崩れた羽目板の壁を見て頭をかいた。軽く咳込んだが、やはり喉は潰していないようであった。

「いや、また羽目板を打ちつければ、しばらくはごまかせよう」

「しかし、これでは荒れ寺のようではありませぬか」

「かまわん。道場が崩れたとしても、剣の修行は外でもできるものだ」

　道場の見た目など意に介していなかった。

修繕するような金もなかった。

雄太郎と隆光は、羽目板を直すと、外で井戸水を浴びて本日の稽古を切り上げた。

「荒れ寺といえば、大先生」

「ん、なにか?」

「古町長屋の大家殿からうかがったのですが、このところ江戸で評判になりつつある化け物屋敷があるとか」

「化け物屋敷?」

道場の壊れ具合を見て思い出されたのは中っ腹であったものの、雄太郎としては興味をそそられなくもなかった。

「なんでも、暇を持て余した若い御家人たちが、肝試しで荒れ屋敷に忍び込んだところ、そこで化け物に——」

出くわしたというのだ。

御家人らは幼馴染みの三人組であったという。いずれも腕に覚えがあるらしく、常日頃から誰が一番の豪傑であるかと酒の席でも争っていたところ、ひとりが化け物の出るという噂の荒れ屋敷を思い出したらしい。

三人そろって、そこで一夜を明かすことになった。

「出たのか？」

「出たようです。ぞろぞろと」

「ぞろぞろ？」

化け物は一匹や二匹ではなかったらしい。

忍び込んだ屋敷の居間で、埃が積もった畳に転がっていた行灯に火を灯し、車座になって酒を呑みながら高歌放吟していると――。

かつーん、と塀の外で拍子木が鳴った。

尺八の音と錫杖が鳴る音も聞こえた。不思議なことに、遠くなのか近くなのか、まったくわからなかったという。

そして、納戸のほうで怪しげな物音がしたかと思うと、屋敷の裏手から臼をつくような音まで聞こえはじめた。

やがて、気味の悪い風が茫々たる庭先から吹き込んだかと思うと、行灯の火が突如として燃え上がった。

そのとき、障子に女の人影が映ったという。

しばらくすると、高下駄がふすまを破って飛び込んできた。お椀や鉢もいっしょに宙を踊りはじめた。どこからともなく大きな蝶も居間へ迷い込み、柱にぶつかると無数の蛍火となって散った。

　このあたりで御家人のひとりが腰を抜かし、天井を見上げて悲鳴を上げた。

　老婆の顔が――シワ深い首から上だけが天井にぺたりと貼り付き、にたにたと好色そうに笑っていたのだ。

　老婆の首は、なんと居間中を飛びまわった。

　腰を抜かした御家人の顔をぺろりと舐め、首だけだというのに男の尻までいやらしく撫でていったという。

　他の御家人ふたりは、もう少し肝が据わっていたらしい。

　ひとりが老婆の眉間へ小柄を打ち込んだが、それでも苦痛の表情すら浮かべず、けたけたと笑いながら飛びまわることをやめなかった。

　もうひとりが槍で老婆の首を突こうとしたが、ふいに奥の間から一つ目の大坊主があらわれるや、御家人の手から槍を奪いとり、居間で荒々しくふりまわして呵々大笑しながら暴れはじめたのだ。

　あまりの恐怖に、いつのまにか三人とも気を失っていた。気がつくと朝であり、這う這うの体で逃げ去ったらしい。

「ほう！」

雄太郎の双眸が輝いた。

「まるで『稲生物怪録』ではないか」

寛延二年に、備後の武士である稲生平太郎の身に起きた怪異を筆記したと伝えられる物語が『稲生物怪録』であった。

あらすじは、肝試しにより物怪の怒りをかった平太郎のもとへ、さまざまな化け物が一ヶ月のあいだ出没したが、豪傑である平太郎はこれをことごとく退け、魔王の山ン本五郎左衛門から称えられるというものである。

（どれ、今宵あたり、涼みがてら化け物退治と洒落込むか）

雄太郎は、その手の豪傑譚が好物であったのだ。

三

「安西殿、長屋の住み心地はどうですかな？」

忠吉は、何気ない世間話からとば口をつけた。

神田の中山道沿いにある茶屋である。

長屋にこもっていたところで、お天道さまの陽射しが優しくなるわけではない。外に出た方が涼しいくらいで、暇を持て余した老人同士で茶をすすらないかと安西翁を誘ったのである。

「ええ、ええ、隠居とは、これほど気楽なものとは思いませんでしたよ」

「はい、まことに隠居とはよいものですな。元は雲の上の御仁と不浄役人が、このように親しく口を利くこともできる」

「いやいや、親しくしていただいて、こちらこそ助かってます」

安西翁は機嫌よく笑った。

忠吉は、熱い茶で喉を潤してから、探りをいれてみた。

「しかし、なぜ長屋暮らしを？　ご家族がいないと、なにかと不自由があるのでは？」

「そうですなあ……まあ、家族は……」

「あ、いや、立ち入ったことまでお聞きするつもりは……」

なんの、と安西翁はかぶりをふった。

「とうに妻は亡くしましたが、せがれがわしのお役目を継いでおるので、家のことは案じておらぬのです」

「はあ……」

忠吉は、

（安西殿は、紀伊徳川家の者ではないか？）

と確信している。

市井の隠居としては、あえて深入りしたくもない。が、安西翁と小春が密会していたことが、胸のうちに引っかかっていたのだ。

「忠吉殿は、なぜ長屋住まいを？」

逆に訊かれることも覚悟はしていた。

忠吉は腹をくくった。

ここは懐に飛び込んでみる手である。そうすれば、剣呑な刃がひそんでいるかどうか、はっきりわかるはずであった。

「さて、安西殿もお惚けになられる」

「なんと？」

「わしらの仔細など、とうに調べておりましょう」

「うむ……」

安西翁は、黙想するように眼を閉じた。

「紀伊徳川家に縁のあるお方でしょう。しかも、いまでも幕府にツテがある。その証として、わしの女房とお会いなされていた」

安西翁の眼が見開かれた。

「ほっ……存じておられましたか。これはお恥ずかしい。ですが、誓って不貞なことではございませぬぞ」

「それは承知しております」

「ということは……」

忠吉は、ここぞとばかりに斬(き)り込んだ。

「裏の仔細をお聞かせ願いたい」

なにを指しているのかは、安西翁も承知しているはずだ。

「ほう……お知りになりたいと?」

「むろんのこと」

「まあ、お話ししてもよろしいのですが……」

「ぜひとも」

「忠吉殿は、女房殿のもとへ戻りたい……とお思いか?」

「も、もちろん」

なぜか忠吉の声が上ずった。

安西は、にっこりと恵比寿顔(えびすがお)で笑った。

「では、忠吉殿に、ある荒れ屋敷を探っていただければ、お知りになりたいことを隠さずにお教えいたしましょう。ついでのこと、同心屋敷にも戻れるように口添えもいたしましょう」

「……荒れ屋敷？」

「ええ、そこは、どうやら盗人の隠れ家になっているようで……しかし、いわくのある屋敷で、町奉行所も手を出しにくいのですよ。それに、お上に十手を返されたとはいえ、あなたも元は同心。盗人の隠れ家と聞けば、このまま放ってはおけないのではありませんかな？」

これは図られたか、と忠吉は舌を巻いた。

安西翁は、はなから忠吉が茶屋へ誘った意図を察し、この駆け引きに持ち込むきっかけを待っていたのだろう。

だが、承知するしかなかった。

盗人と聞いて、たしかに元同心の血が騒いでいたのだ。

四

夜であった。

弾七郎はひょこひょこと跳ねるように四谷まで歩いた。

今宵は湿り気が少なく、心地よい風が吹いていた。

町屋を抜けて、武家屋敷の築地塀（ついじべい）に沿って月明かりに照らされた大路を闊歩（かっぽ）する。

ひょいと路地に入った。この突き当たりが、地本問屋の主人から聞いた荒れ屋敷のはずであった。

「おう、あれが宝物殿かえ」

なるほど。雰囲気のある寂（さび）れた屋敷であった。塀もところどころで土に還（かえ）り、どこからでも忍びこめそうである。いまどきの御家人には修繕の金もなく、珍しくもない有様であった。

人影はないとたしかめてから、塀の崩（くず）れた穴から屋敷に這入（はい）った。

夏草の粘つくような青くささが鼻をつく。

庭先のようだ。

噂通り荒れ放題で、足首が埋もれるほどに草が深かった。庭木の枝葉も伸び伸びと茂り、野生の姿に戻っている。

弾七郎は屋敷を目指し、身を低くしてしずしずと歩いていく。窪みに片足が落ち、つんのめりそうになった。窪みは石で縁取られている。水は涸れているが池であったのだろう。

雲が流れ、月を覆った。

暗闇の中で、弾七郎が池跡から出たときであった。

「曲者め！」

「盗人っ！」

「なんと！」

ふたつの猛った気が渦巻き、片方が得物をふりまわした。ひゅんっ、と風が鳴り、もう片方はからくも避けたようだ。どちらも逃げる様子はなく、ひと息いれて、ふたたび闇夜で衝突した。

鋼と鋼がかち合う音が響いた。

闇に火花が散る。

月が雲間を通り抜けた。

「……忠吉か」

雄太郎は無銘の愛刀を――。

「なんだ、雄さんか」

忠吉は一尺半（約四十五センチ）の大煙管を構えていた。

「おう、雄の字に忠吉っつぁん、こんなとこでなにやってんだ？」

剣呑にも、友垣どもが殺し合いになるところであったらしい。

「うむ、弾七もいたか」

「弾さん、なに見得を切ってんだ？」

「ああ、いやあ、なんとなくな」

弾七郎は、眼を派手に剝き、口はへの字にひきむすび、首をかしげながら両手を大きくひろげて足を踏ん張らせていた。驚いて、とっさにやってしまったのは役者としての性分であろう。

「で、どういうこった？」

弾七郎は、友垣どもに訊いた。

「ここが盗人の隠れ家になっていると耳にしてな」

「わしは化け物屋敷と聞いたぞ」

「おりゃあ、読本が落ちてるってんで、拾いにきただけよ」

まさか盗みにきたとまでは口にできなかった。

三匹の隠居どもは、それぞれ別の思惑があって、この荒れ屋敷に忍んできたらしい。

「ふむ、たまさかではあるまい」

雄太郎はうなった。

「なら、罠ってこったな」

「……安西殿の企みか」

弾七郎は藤次郎に、忠吉は安西翁に、雄太郎は隆光に話を聞いたのだ。

隆光に人を騙すような性根はあるまい。藤次郎は怪しいが、地本問屋の主人が老役者に謀ったところで、なんの得もない。一役買っているにせよ、もっと上に大本の黒幕がいるはずであった。

ならば、黒幕は安西翁であろう。

雄太郎は、気の抜けた顔で口を開いた。

「安西殿の思惑はともあれ、せっかく三人そろったのだ。屋敷に上がらせてもらって、化け物の見物でもするかね？」

「おう、読本の一冊くらいは落ちてんだろ」

「だが、盗人の隠れ家だとすれば……」

忠吉は気がすすまないようであったが、無駄足を踏んで帰ることには得心できないらしく、雄太郎の案に従うことになった。

しかし、弾七郎は眼を訝しげに細めた。

「およ？　行灯に火が……」

屋敷の障子が開け放たれて、ぼんやりとした灯が見えたのだ。

雄太郎も太い眉をひそめた。

「縁側も掃除がされておる。塀や庭は荒れたままでも、どうやら屋敷は人が住めるように手入れがされておるようだ」

忠吉の眼が光った。

「やはり盗人どもか？」

いや、と雄太郎はかぶりをふった。

「それにしては綺麗すぎるようだ」

かつーん。

塀の外で拍子木が鳴った。

ひゃ、ひゃらり……じゃら……。

錫杖と尺八の音も聞こえてきた。

「おい、近づいてきたぜ」

弾七郎がつぶやいた。

やがて、錫杖と尺八は屋敷の門に到達した。ひとりではなく、少なくとも五人はいると足音でわかった。門は堅く閉じていたはずだが、深夜の来訪者は塀をすり抜けるように入ってきた。

「門の脇が崩れて、大きな穴が空いておるのだ」

雄太郎も、そこから忍び込んだのだという。

三匹は庭の茂みに隠れることにした。

広い屋敷ではない。

六人の虚無僧が庭のほうへまわってきた。ただ迷い込んだわけではなかろう。物騒な気を発して錫杖に仕込んだ刃を抜き、討ち入りのように開け放たれた居間へと草鞋履のまま上がり込んだ。

弾七郎は、忠吉が耳にしたという盗人かと疑ったが、雄太郎は剣士の勘で正体を見破ったようだ。

「この殺気は武家のものだ」

ならば、虚無僧に扮して、誰の命を狙っているというのか……。

がた、がたがた。

怪しげな物音がした。さらに――。

とん、とんとん。

屋敷の裏手から、臼をつくような音まで聞こえはじめた。

（ずいぶん怪談じみてきやがったな）

弾七郎は乾いた唇を舌先で湿した。

物音に脅えた様子はないが、六人の虚無僧は二手に分かれることにしたようだ。片方は外から屋敷の裏手へまわり込み、残った三人は屋敷の中を探りはじめた。

やがて――。

気味の悪い風が茫々たる庭先から吹き込んだ。

「ぬぅ！」「なんだこれは！」

虚無僧たちが驚きの声を漏らした。

屋敷の中で、行灯の火が燃え上がったのだ。しかし、不思議なことに張り紙を燃やすほどではなく、すぐに火は小さく鎮まった。

だが、弾七郎は見た。

雄太郎と忠吉も眼にしたようだ。

三人の虚無僧たちもだ。

障子に、はっきりと女の人影が浮かび上がっていたのだ。

「おのれ、奇怪な……！」

虚無僧のひとりが刃をふって障子を斜めに切り裂いた。たしかに武家の動きである。

奥の襖（ふすま）を破って高下駄が飛んできた。

お椀や鉢もだ。

「うむ、噂通りだな」

雄太郎の声は、なぜか弾（はず）んでいた。

居間に上がった虚無僧は、それなりに肚（はら）の据（す）わった武士らしく、飛び交う高下駄やお椀を刀身でたたき落としていた。どこからともなく大きな蝶も居間へ迷い込み、宙で両断されるや無数の蛍火となって散った。

ぎゃぁぁぁぁあっ！

なにがあったのか、裏手から悲鳴が聞こえた。

「くっ！　ここは退（ひ）くか？」

「ならぬ！　なんとしても権大納言（ごんだいなごん）を弑（しい）すのだ！」

「だが、これでは……」

まさに恐慌の舞台はこれからが本番であった。

ひひひひっ！

好色な笑い声をあげる老婆の顔が暗闇に浮かび上がった。

「ぬぅ！　化け物め！」

虚無僧姿の刺客たちは必死に刃をふるうが、醜悪な老婆の首はにたにたと笑いながら、ひらりひらりと鮮やかに逃げまわった。

「あの顔は……」

忠吉の唖然としたつぶやきが聞こえた。

すると、ふいに奥の間から一つ目の大坊主があらわれ、手に持った槍を荒々しくふりまわして大暴れをはじめた。いきなりの登場に、棒立ちになった虚無僧が横殴りの槍に倒された。

「曲者じゃ！　であえ！　であえ！」

大坊主は呵々大笑しての大はしゃぎであった。

「あ、ああ……」

弾七郎も唖然とするしかなかった。

「大家め……だから、隆光に吹き込みおったのか……」

雄太郎が舌打ちした。

屋敷の奥間から、あるいは縁側から、化け物がぞろぞろと出てきて刺客に襲いかかり、この世のものとは思えない眺めであった。残ったふたりの虚無僧も戦う気を砕かれて、腰を抜かしてしまっていた。

屋敷に押し入った不埒(ふらち)な輩は、裏にまわった三人も含めて、すべてとり押さえられたようであった。

「出ようぜ。こりゃ、隠れていてもしょうがねえ」

弾七郎のもっともな台詞(せりふ)に、忠吉と雄太郎も茂みから立ち上がった。

「古町長屋の御老体！」

雄太郎が見事な大音声(だいおんじょう)を発した。

化け物たちの動きが止まった。

鳥山石燕(とりやませきえん)が『画図百鬼夜行(がずひゃっきやこう)』で描いた『せうけら』らしき妖怪(ようかい)が、三匹にむかって慇懃(いんぎん)に頭を下げてきた。

「おやおや、これはおそろいで」

古町長屋の大家、小幡源六(おばたげんろく)の声であった。

にぃ、と老婆の首も笑顔になる。これも長屋の住人であった。若いころはなにをしていたのか、その体術はただ者ではない。生首に見えていたのは、黒衣をまとっているせいだとわかったが、あるいは幻術でも使っていたのかもしれない。

一つ目の大坊主は、島左近（しまさこん）狂いの老浪人であった。扮装（ふんそう）を解かなくても、破鐘（われがね）のような声と見事な槍さばきでわかる。

「大家殿、なんの余興ですかな」

忠吉が問うと、これも『画図百鬼夜行』で描かれていた通りの『ぬらりひょん』が、ひょこりと前に出てきた。

「よくぞお越しくださいました。お待ちしておりましたよ。ささ、上がって、奥へどうぞ。我が主君が、ぜひご挨拶（あいさつ）したいと」

安西翁であった。

さらに忠吉が訊（たず）ねた。

「では、お目見えさせていただけるわけですな」

「はいはい」

安西翁は、機嫌よくうなずく。

弾七郎は小首をかしげた。

「お目見えってなあ、誰とだよ?」

「山ン本五郎左衛門よ」

雄太郎は精悍(せいかん)に笑った。

「けっ、小槌(こづち)でももらえるってのかよ」

弾七郎も『稲生物怪録』くらいは読んでいる。

化け物を一ヶ月ものあいだ退けつづけた豪傑の稲生平太郎は、魔王である山ン本五郎左衛門から勇気と胆力を称賛され、「拙者(せっしゃ)をいつでも呼び出せる」ように木槌をもらったのであった。

安西翁に促されて、三匹は縁側から上がった。長屋の老人たちは戦が終わったかのように鬨(とき)の声を上げている。

弾七郎の眼に、ふと蹴倒された行灯がとまった。しゃがみ込んで、つぶさに裏や表を眺めまわしてみた。

「ふん、こんなこったろうと思ったぜ」

幽霊の正体見たりだ。

行灯の内側には、人型に切り抜いた紙が貼ってあった。これが障子に女の人影を作っていたのだ。

怪しげな物音は、化け物の扮装をした老人たちであろう。夜目が利かず、扮装で身体の見当が狂って、あちこちにぶつかったのだ。臼をつくような音は、敵が攻めてきたことを報せる合図であったのかもしれない。

弾七郎は、すん、と鼻で息をした。

そして、うっとりと眼を細める。火薬の焼けた匂いだ。行灯が燃え上がった仕掛けは、花火師の技を使ったのであろう。

ついでに、畳に落ちた高下駄やお椀も調べてみた。思った通りだ。山繭(やままゆ)の糸に渋(しぶ)漆(うるし)をひいたテグスで宙を飛んだかのように見せていただけだ。釣り糸に使うくらいだから、この手の詐術にもうってつけである。

大きな蝶も作り物だろう。畳に淡く光る粒が落ちているところから、無数の蛍火となって散ったのは、海蛍の粉であった。海蛍を乾燥させ、粉にひいたものに水を加えると、微弱な光を発するのだ。

舞台でもお馴染の仕掛けばかりであった。

(芝居町の誰かも一枚嚙んでんのか?)

三匹は最奥の間へと通された。

そこで待っていたのは、立派な裃(かみしも)を着た六十歳くらいの老人であった。

安西翁はうやうやしく頭を垂れた。

「大殿、お連れいたしました」

「弥二郎、大儀であったな」

白髪を頭にいただき、頬の肉はたるんでいるが、体格はがっしりと大柄で、その双眸は鷹のように鋭かった。

（へえ、これがねえ）

弾七郎にもようやく見当がついていた。

本来であれば、こうしてお目見えできるはずのない御方である。

「安西の旦那、ここは平伏しなきゃなんねえのかい？　だったらよぅ、ちょいと席を外させてもらいてえ。武家株を売っ払って、こちとらひさしいんだ。堅苦しいのは怖気が出やがんだよ」

「いや、それにはおよばぬ」

武家の老人は、三匹に微笑みかけた。

「ここにおるのは、ひとりの隠居爺であるぞ。礼儀など無用に願いたい。また、そうでなければ、こちらも困ったことになる。なにしろ、幕府へ届けを出したわけではなく、お忍びで江戸へきたのだからのう」

紀伊徳川家の御隠居——徳川治宝であった。

五

(ほぅ、話のわかる御仁だぜ)

弾七郎は感心しつつ、どっかりとあぐらをかいた。

雄太郎も忠吉も、気後れすることなく腰を下ろす。そんなふたりの友垣をひねくれた老役者は誇らしく思った。頭を垂れて損するほど高貴な生れではないが、むこうに招かれて阿る筋合いもないのだ。

遠慮なくふんぞり返っていると、治宝公から頭を垂れてきた。

「内々のことで市井の者に迷惑をおかけしたようだ。まずはお詫びいたす」

昨年のことだ。

紀伊屋の宗右衛門という悪商人が、紀伊徳川家の江戸詰用人と結託して公金を横領したことが発覚し、あえなく獄門台送りとなった。

宗右衛門は、弾七郎の女房であるお葉の元許婚でもあり、三匹の隠居たちに裏の仕事を邪魔されたことを逆恨みして、お葉を勾引かして忠吉たちを破滅させようとしたが、その企みは三匹の隠居たちによって挫かれた。

公金横領の江戸詰用人は自害し、紀伊徳川家で内々に処分された。

だが、その裏には、紀伊徳川家の主である斉順公と、隠居してなお実権を手放さない治宝公との確執があったのだ。

「そして、この身を助けていただいたことにも礼を申し上げたい」

五十五万五千石の大国を陰で差配する大隠居に、そこまで低く出られると、さすがの弾七郎も反骨の出しようがない。思わず膝をそろえて正座してしまった。

「品川の一件ですな」

雄太郎が、鋭く斬り込んだ。

笑って答えたのは安西翁である。

「やはり、お気づきでしたか。大殿は国元の御用船で品川まできたのです。若いころは健脚でありましたが、さすがに老いた足腰での東海道中には耐えられず、さりとて駕籠旅では目立ちすぎるゆえ」

「しかし、なぜ品川に？」

忠吉が身を乗り出すようにそう訊いた。

治宝公は愉快そうにうなずく。

「うむ、久方ぶりの江戸入りゆえ、船旅のみでは味気なくてのう。せめて旅籠にくらいは泊まらねば趣がないではないか」

呑気な大殿様だ、と弾七郎は呆れた。

忠吉は、さらに問いを重ねた。

「お忍びとおっしゃったが、そのわけもお聞かせ願いたい。察するところ、品川で権大納言様のお命を狙ったのは、紀伊徳川家の御附家老、水野忠啓様とお見受けしますが」

さようさよう、と安西翁は気安く認めた。

「大殿は、紀伊徳川家の揉め事で幾度もそなたらに助けられたことに感謝しておられ、じかに礼を述べるためにきたのだ」

「なんと……」

「わしらと会うためにとは……」

忠吉と雄太郎は言葉を失い、弾七郎も唖然と驚くばかりであった。

治宝公とは、よほど変わった御仁らしい。

「国主派の水野家は、大殿がお忍びで江戸入りすることを事前に知るや、大殿を弑せんと試みた。紀伊徳川家の秘蔵する気砲を水野家の者が盗み、刺客として選ばれた荒木史郎に撃たせようとしたのだ」

ところが、気砲を運んでいた船が嵐で難破してしまい、やむなく荒木史郎は火縄銃を調達せねばならなくなった。そこへ、たまたま古町長屋の三匹がかかわることになったのだ。

治宝公が話を継いだ。

「この弥二郎を先に江戸へ送り、わしが着くまでの下ごしらえを任せたことが幸いしおった。品川ではそなたらに助けられ、阿芙蓉の件でも世話になった。ふふ……礼をするつもりが、かえって借りを増やしてしまったようだのう」

てぇことはよぅ、と弾七郎が口を挟んだ。

「おれたちがこの屋敷にくるように仕向けたのも、安西殿の差配ってことだな。なかなか凝ったことをするじゃねえか」

忠吉と雄太郎もうなずいた。

「裏のありそうな話だと疑ってはいたが、盗人ではなく、まさか紀伊徳川家の御隠居がお待ちになっていたとはな」

「化け物屋敷は大いに楽しませていただいた」

「さよう、化け物屋敷と申せば……」

安西翁が、じろりと主君を横目でにらんだ。

「大殿がなんぞ趣向を凝らせと仰るので苦労いたしましたわい」

「はは、許せ許せ、弥二郎」

「はいはい」

なにを思い出したのか、ふと雄太郎が訊ねた。

「安西殿、さきほど捕えた虚無僧も水野家の家臣ということですな?」

「さようでござる」

「わしの見たところ、たしかに甲源一刀流の使い手であった。甲源一刀流は武蔵国を発祥の地とし、江戸にも道場はあるが……」

「ええ、水野家剣術指南役の流派でもあります」

「やはり、そうであったか」

安西翁の答えに満足したようであった。

治宝公が、ずいと雄太郎に顔をむけた。

「弥二郎から聞くところによれば、そなたは市井の剣客ながら、かなりの名人であるとか。紀伊侍の達人でも手を焼いた刺客を見事に斬ってのけたと」

「運よく勝ちを拾ったにすぎません」

　雄太郎はにべもなく答えた。

「うむ、どうであろう。紀伊徳川家でも指南してもらうわけにはいかぬか？　若い者を鍛え直さねばならぬと講じておったところでな」

「ありがたいお申し出ながら、ご遠慮申し上げる。拙者も寄る年波。後妻も娶ったばかりにて、江戸を離れる気にはなり申さぬ」

「後妻……！」

　治宝公は眼を剝いて驚いた。

　弾七郎と忠吉は笑いを堪えるので必死であったが、当の雄太郎は憎らしいほどに涼しげな顔をしている。

「では、ご子息はどうか？」

「せがれにしても、まだ未熟ゆえ」

「……そうか。ならば、せめて剣術道場を建て直させてはもらえぬか？」

「道場は、せがれに譲ったものですが……」

　雄太郎は太い首をかしげたが、あまり重ねて固辞してはかえって失礼になると考え直したものらしい。

「未熟なせがれが驕るといかぬので、あまり立派なものは困り申す。雨露を凌げる程度にお願いしたい」

「よしよし」

治宝公は満足そうにうなずくと、忠吉にも眼をむけた。

「そなたは元同心であったとか。長らくの忠勤、お上に代わって礼を申す。そなたの妻女にも助けてもらった。夫婦ともども世話してもらったようだ」

「い、いや、なんの……」

女房のことを出され、忠吉の眼が泳いでいた。

「さらに、親子して賂が嫌いであるとも聞いておる。ゆえに礼を強いて渡すのも、かえって迷惑であろう。だが、それでも、なにかしらのことはさせてもらうぞ。覚悟しておくがよい」

「はあ……まあ、お手柔らかに願いたいもので……」

「ははっ、よしよし。余に任せるがよいぞ」

忠吉の禿げ上がった頭が、頂まで真っ赤になっているのを見て、弾七郎はなにやら密約の匂いを嗅ぎとった。いや、そんなことよりも、治宝公の眼に憐憫の光が掠めたのはどうしたことか……。

最後に、弾七郎の番がやってきた。

「さて、そなたは練達の役者であるそうな。江戸にいるうちに、ぜひ芝居のほうも観(み)ておきたいものだが」

治宝公の異名は、〈数寄(すき)の殿様〉であると弾七郎も聞いている。文化への造詣(ぞうけい)が深く、『紀伊続風土記(きいぞくふどき)』の新撰(しんせん)を命じた他、茶道や楽(らく)家などを庇護(ひご)し、絵画においては自身でも筆をとるほどの達者であるという。

だが、弾七郎は長い顎先をゆらした。

「いやあ、能の舞台じゃねえんだ。町人が浮世の憂さを忘れる慰みの場なんでい。そんなところによぅ、ご立派なお武家が出入りしたんじゃ、町人どもの腰も浮ついて、楽しめるもんも楽しめやしねえ」

「なるほどのう。だが、観たいものは観たい」

すでに打ち合わせができているのか、治宝公が目配せをした。

安西翁はうなずき、弾七郎に微笑みかけた。

「弾七郎殿、どうであろう。もし大坂で暮らす気があれば、紀伊徳川家の息がかかった一座にそなたを役者として迎えたいのだがな。大坂であれば、大殿もお忍びがしやすいというものだ」

「な……ど、どこの一座でい？」

意表を衝かれ、弾七郎の声が裏返ってしまった。

聞いてみると大坂でも指折りの大一座である。

しかも、野良の役者としてではない。一座の者として迎えるという。芸歴が長いばかりで、ついに主役を張ることのないまま舞台を去りつつある老役者としては夢のような話であったが……。

「厭だい！」

弾七郎は、畳に寝転がって叫んだ。

「だってよぅ、おりゃ、江戸っ子だ。お江戸が大好きなんだ。江戸っ子になりてえから、刀も鉄砲も捨てたんだよぅ。おう、七度生まれ変わったって、おりゃ江戸で役者やってんだい！」

「……その意気やよきかな」

治宝公は、呵呵と笑った。

おうよっ、と弾七郎は起き上がって見栄を切る。

「ま、これでだいてえのところは了見したさ。でもよぅ、大殿さんも隠居したってんなら、気持ちよく若いもんに任せればいいじゃねえか」

「ところが、そうもいかぬのだ」

安西翁の眉間に厳しいシワが寄る。

「紀伊の大殿は、みずから隠棲を決めたわけではござらぬ。領内で〈こぶち騒動〉と呼ばれる一揆が起きたおりに、その責をお上にとらされたのだ。しかも、斉順様は、大殿の実子ではない。十一代将軍の七男を養子としてもらい受けたのだ」

「それを怨んでおられると？」

雄太郎が訊き、いや、と治宝公はかぶりをふった。

「十一代将軍も紀伊家の血筋ではある。是非もないこと。ただ、斉順はまだ若く、民草を案じるより、おのれの贅沢を先に求める。首に縄をつけておかねば、国を傾けてしまいかねない。それに――」

にやり、と治宝公は笑った。

「隠居のくびきを自力で解いてこそ、一人前というものではないかな」

「へっ、ちげえねえ！」

弾七郎は手をたたいて同意した。

雄太郎も我が意を得たりとばかりに薄笑いを浮かべる。

「ところで、いまひとつ気になることが……」

忠吉は、これを訊いてもよいものかどうか迷っているようであった。

「うむ、申してみよ」

「古町長屋の大家……いえ、小幡源六殿とは、どのような繋がりで？」

「なるほど。たしかに気になるであろうな」

治宝公は宙をにらむような半眼になった。

「そもそも、古町長屋の持ち主は……徳川御三家なのだ」

「なんと……！」

三匹の隠居は、そろって瞠目した。

六

聞いてみれば他愛もない話である。

おとぎ話といってよい。

つまり、昔々のことだ。

徳川御三家の始祖は、すべて神君家康公の実子である。尾張、紀州、水戸の三国をそれぞれ治める、徳川将軍家に次ぐ最高位の家柄であった。

御三家は役職として定められたものではないが、将軍家に後嗣が絶えたときには、尾張家か紀州家から新しい将軍を出すことに決まっており、実際に八代将軍からは紀州家の血筋になっている。

だが、いつの世代でのことか――。

御三家の当主が、千代田のお城で顔をそろえたことがあるという。

紀州家と尾張家は同格だが、将軍家の座をめぐっての確執があり、やや格下となる水戸家にも二家への苦々しい思いは募っていたであろう。顔を合わせるたびに、ある種の緊張を強いられることはしかたのないことであった。

しかし、ふと思い直してみれば、これは妙なことである。

元は同じ家族なのだ。

徳川将軍家のため、三家に分かれただけであった。

神君の血筋をひいたため、互いの権勢を比べ合わなければならなかった。異なる国を背負っているだけに、余計な見栄を張り合っていなければならなかった。ときには敵意を持ち、ときには妬心や侮蔑を抱きながら……。

ならば……。

で、あるならば……。

徳川御三家の国主をせがれに譲り、肩の重荷を降ろしたのちは、気楽な隠居として同じ長屋に集って仲良くすればよいではないか……。

そんな夢を、ほろりと語りあったという。

夢は夢である。

けして叶うことがないから、それは夢と名付けられるのである。

甘く、儚く、ほろ苦いものだ。

そのために武家屋敷の一角を確保し、やがて移り住むための長屋を建てさせ、信頼に足る家臣を大家に配したところで――。

古町長屋は、その夢の残滓であったのだ。

七

荒れ屋敷での宴がはじまった。

どこから呼んできたのか、若い芸妓が粋な三味線をひき鳴らし、唄や踊りなどで老人ばかりの場を華やかに盛り上げてくれた。

酒も肴もたんまりと用意されている。

いつもであれば夢のように楽しいひとときになるはずであったが、女房に禁酒を命じられている弾七郎は憮然とするばかりであった。

それだけではなく、治宝公がこっそり耳打ちしてきたのだ。

「そなたには申し訳ないが、気砲は返していただいたぞ。紀伊徳川家が秘蔵品ゆえ、これが逸したとなれば大事になろうからな」

「あ……ああ……」

弾七郎にしても文句はつけられない。

きっちり隠したつもりだったが、狭い長屋のことである。大家まで敵方についていれば、見つけるのはたやすいことなのであろう。

ちょっ、と舌打ちした。

「おりゃ、読本を拾いにきただけなのによぅ……鉄砲まで奪われるたあ……」

割が合わないとはこのことである。

「読本とな？　弥二郎、どうなのだ？」

「はあ、それはございますが……」

「あ、あんのかい！」

弾七郎の眼が輝いた。

「しかし、元は櫻井家の所蔵なので」

「よいよい。わしのほうからも、なにか進呈しよう」

「そりゃ、ありがてえや」

弾七郎は、たちまち機嫌を直した。気砲の件は痛恨事であったが、いつまでも落ち込んでいてもしかたがない。

それでも、酒断ちによる眩暈が襲ってきた。

宴には長屋の住人も参じている。扮装を脱ぐのが面倒であったのか、化け物姿のままで賑々しく踊りはじめ、まさに三途の川の境目を危うくさせるような光景を現出させている。

どっちが彼岸で、どちらが此岸やら……。

この屋敷が荒れるがままに放っておかれたことにはわけがある。庭先や床下からの湿気が絶えず、風の抜けも滞りがちで、なんとなく住むには薄気味の悪さをぬぐい切れないのだ。

実際に、屋敷の主は流行り病で亡くなっている。

それゆえ、治宝公と隠居三匹のお目見えが企まれたとき、ちょうど手ごろな荒れ屋敷があるということで、ついでに水野家の刺客をおびき寄せて一網打尽にすべしと安西翁が献策したものらしい。

化け物屋敷としては、うってつけの舞台であった。

（そういや……おりゃ、幽霊の役はやったことなかったな）

ぼんやりと弾七郎はそう思った。

世阿弥でさえ、鬼神は演じたことがないと記している。大衆芸能にすぎなかった猿楽を貴人の好む幽玄能へと発展させた大役者だ。鬼神を演じていないはずがなかったが……では、どういう意味なのか？

すべての演技はモノ真似から発している。鬼神を真似るとしても、本物を知らなくては真似のしようもないが、誰も見たことがないはずだ。それゆえに、迫真の鬼神を演じられたことがない——と裏付けのない感情や勢いを好む若い役者への苦言を込めて記したのであろう。

だが、そろそろ、やってもよい歳なのかもしれない。こちとら片足くらいは幽玄に突っ込んでいるのである。

（おりょ？）

化け物の中に、昔の許婚の姿を見た。

酒断ちが見せた幻覚であろうか……。

元許婚は、見知らぬ武士の隣に侍り、弾七郎にむかって微笑んでいた。恨んでいる顔ではない。なんとも幸せそうな笑顔であった。

さらに、その背後で恨めしそうにしているのは、

（紀伊屋の宗右衛門かよ！）

弾七郎は眼を剝いた。

この屋敷の持ち主は、櫻井某だと聞いた。おそらく元許婚の夫なのであろう。とんだ怪談だ！　ここは本物の幽霊屋敷であったらしい。

そして、ふいに女の本心を悟った。

元許婚は、窮屈な武士であることにうんざりしていた弾七郎を自由にしてやりたかったのだ。

だから、みずから身をひいた。

女に棄（す）てられたと思ったのは、弾七郎の僻（ひが）みでしかなかった。

いまさら涙は出なかった。

女への涙など、とうの昔に絞り尽くしていた。

弾七郎は笑った。

見栄を切りながら、呵呵と大笑した。

雄太郎と忠吉が、妙な眼で弾七郎を見つめていた。

第五話　晴れ舞台

一

上野広小路(うえのひろこうじ)にある小さな芝居小屋だ。

むしろを張った幕内には熱気がこもり、残暑つづきでぐったりとした客たちは、舞台上の役者に白けきった眼(め)をむけていた。

(おう、いつまで夏なんだ？　まだ終わんねえのか？　ええ？)

弾七郎(だんしちろう)もうんざりであった。

だが、よいさっ、と安っぽい舞台へ躍り込めば、白粉(おしろい)を塗りたくった面長の顔はきりりと引き締まり、夜っぴての本読みで刻まれた眼の下の隈(くま)も心持ち薄くなって、長い顎(あご)の先までぴんと筋が通る。

わっと客席が盛り上がった。

「弾さん、待ちくたびれたぜ！」

「よう、まだ生きてやがったか！」

「あんたの顔見なきゃ、彼岸すぎの気分が出ねえよ！」

古い贔屓客が、歓呼か野次か判別できないかけ声を投げてきた。

「うるせえやい！」

弾七郎も、ひと吠えかました。

「黙って芝居を楽しめってんだ！　でなきゃあ、猪牙船をケツから蹴っ込んで川下りと洒落込ませんぞ！」

そして、遅れてすまねえと、舞台上の役者たちには頭を下げる。寝坊で長屋を出るのが遅れ、化粧も衣装もそこそこに飛び出てきたのだ。

ちっ、と舌打ちしたのは、弾七郎の代わりに出ることになった役者であろう。

主役の色男は苦笑を返しつつ、ほっと安堵を滲ませていた。小一座にしては練れた役者だが、よほどにまいっていたのだ。

それもそのはずだ。

白けきった客席を見て、楽屋では誰もが顔を真っ青にしていた。舞台に上がった役者は生きた心地がしなかったにちがいない。

連日の暑さに客席が苛立っている。きっかけさえあれば、ひと暴れしてやろうと待ち構えている破落戸もいた。

鬱憤が破裂すれば、ものを投げつけられ、役者は殴られる。暴れて小屋を壊されることもある。一座は大損害であった。

暑気払いに、ここで憂さ晴らしをされてはたまらない。

とはいえ、木戸銭を払った客を追いだすわけにもいかず、くすりとでも笑わせて気分よく小屋から出てもらいたかった。

しかし、そういうときにかぎって、思ったようには舞台もまわらないものだ。意気込めば意気込むだけ粗が出てしまう。空回りに次ぐ空回りだ。さぞや頭の中は真っ白であったことだろう。

そこへ、弾七郎の登場である。

舞台の空気は一変した。

弾七郎の悪態が客をニヤつかせ、他の脇役も戸惑うほどの奇矯さで芝居の筋をかきまわす。なんの、筋は外してても壊しはしねえ。何年役者で飯食ってると思ってんだ。外した筋を戻したところで、主役の決め台詞もぴたりとはまった。

客席は笑顔であふれていた。

（どうでえ！　役者ってのは年季でい！）

弾七郎は大得意であった。

「よっ！　弾さん、助かったよ。また頼まあ」

裏の楽屋へ引っ込むと、座頭が労いの声をかけてきた。モロ肌脱ぎでおのれの禿頭を団扇であおっている。

「あいよ！　じゃあな！」

弾七郎は、化粧もぬぐわずに、あわただしく衣装だけ着替えた。

「なんでえ、もういくのかえ？」

「浅草の一座にも呼ばれてんだ」

「へっ、景気のよいことじゃねえか。あれかね。散り際の花火ってやつか。ようよう、やめときなよう。まだおっ死ぬには――」

「黙れよ、この腐れ饅頭」

脱いだカツラを座頭の禿頭にかぶせてやった。

「こちとら、てめえの頭ほど景気よかねえや。根っこまで枯れてんのにあんまし風やると、種が飛んでぺんぺん草も生えやしねえぞ」

「よ、余計なお世話だよ！」

「役があったら、また呼んでくんな」

「ああ、わあったよ」

弾七郎は意気揚々と楽屋をあとにした。

外は暑かった。

不忍池（しのばずのいけ）に飛び込みたいほどだ。

暦（こよみ）の上では、とうに秋である。夏は去っているはずであった。人生も夏をすぎて、あとは蟬（せみ）のようにころりと逝（い）くだけだというのに――。

「トドメを刺しにくんなってんだ！」

弾七郎は笑いながら天に悪態を吐（つ）いてみせた。

ドドン、と。

どこかで太鼓が鳴った。

二

居酒屋〈酔七〉も茹だっていた。

戸は開け放たれているが、夜風はそよとも入ってこない。だから、床几を外に出して、秋宵の月見酒と風流を決め込むことにした。

余所の見世でも似たようなことをしている。呑んでも呑んでも、酒精が毛穴から逃げていく暑さだ。屋台が肴の御用聞きにまわり、自棄になって熱いかけ蕎麦をかっくらっている酔客もいた。

「くー、たまんねえ」

弾七郎はうめいた。

干涸びた矮軀の隅々に酒が染みていく。

気砲を失ってがっくりと気落ちした夫を哀れと思ったか、恋女房のお葉がようやく禁酒を解いてくれたのだ。

藪木雄太郎が、弾七郎の湯呑みに焼酎を注いでくれた。

この老剣客は、あいかわらずのむさ苦しい大男ぶりであった。浪人風の着流し姿に一刀差し。灰をまぶしたような不精髭に顔中がおおわれ、白髪を乱雑な総髪にまとめている。

「弾七よ、舞台でも調子がよいらしいな」

弾七郎は、注がれた焼酎を間髪入れずに呑み干した。

「ん、まあな」

「弾さん、大坂の一座でもやっていけたんじゃないかね」

忠吉も新たに注いでくれた。

謹厳な顔つきの元同心は、紺地の着物を残暑に負けじときっちり身につけ、一尺半の喧嘩煙管を帯に挟んでいる。月代を剃るまでもなく生え際が潔く退き、ほろ酔いの肌が艶やかに色づいていた。

「だから、おりゃあ江戸が好きなんだよ！」

弾七郎は酒臭い気炎を吐いた。

美味いもんが食えて、いい酒が呑めて、いくら贅沢三昧ができたとしても、首に縄をつけられるのは御免だ。

役者は野良でよい。野良がよいのだ。

「もったいないことだがな」

「ああ、まったくだ」

友垣ふたりは、しきりにもったいないと繰り返して残念がってはいたが、弾七郎が江戸に残ると決めたことを喜んでもいるようであった。

四谷の荒れ屋敷で、大坂の一座へと誘いをかけてくれた治宝公はすでに国元へと帰り、安西翁も古町長屋を引き払っている。これでお江戸も平穏無事に戻ったというものであった。

そういや、と雄太郎の湯呑みに酒を注ぎながら、弾七郎は訊いた。

「隆坊は旅に出ちまったんだってな」

「うむ、隆光め、古町長屋の老人どもにこき使われながらも、あれはあれで江戸暮らしを楽しんでおったように見えたが……」

なにを思ったか、剣術修行の旅に出たいと大家に願い出たらしい。

「で、小幡殿はなんと答えた？」

忠吉の問いを受け、雄太郎は重々しくうなずいた。

「かつては刺客一味とともに外道を働き、その報いで長屋の下男として働く年季は一年ではあったが、店子からの評判悪からず、態度殊勝につき、浪人の長部隆光を放免いたす……とな」

「うむ、よい御仁だ」

忠吉は眼に感涙を滲ませていた。

「しかし、あの大家も狸だぜ。なにを企んでんだかよぅ」

「狸でもムジナでも、よい御仁にちがいない」

「ふん、忠吉っつぁんもお人好しだからな。化かされねえように、せいぜい気をつけるこった」

弾七郎の悪態に対して、雄太郎がかぶりをふった。

「いや、この沙汰も、紀伊の大殿からの御厚意なのであろう、とわしは思っておる。隆光は、我が義弟のせがれにあたるからな」

「そういうことかよ。雄の字は、道場も修繕してもらったんだったな」

「うむ、壁が崩れる手前のボロ道場から、ほどほどのボロ道場にな。また嵐でもこなければ、なんとかなるであろう」

「忠吉っつぁんも、紀伊の隠居爺に便宜を図ってもらったんだろ？　小春ちゃんに許されて、同心屋敷に戻ったんだってな」

「ああ、それこそ化かされた心持ちだ」

忠吉は、もともと小春に命じられて、古町長屋へ舞い戻っていたのだ。

「忠吉っつぁん、なんで小春ちゃんに追い出されてたんだ？」

「おなごの見栄で、夫にも見せたくない顔があったのだろう」

雄太郎は、小春が退いたはずの隠密仕事に関わりがあったのではないかと仄めかしているが、忠吉は言葉の通りに受けとったようであった。

「たしかに顔色は悪かった。小春めは、この暑さで食が細くなったせいだというが、わしに心配させたくなかったということか」

だが、と雄太郎も太い首をかしげた。

「忠吉が屋敷に戻れるように口を利いただけとは、御三家としては、ずいぶんけちな礼ではないか」

「いやいや、せがれにもなにか褒美をとらせるとの申し出があったらしいが、吉嗣めがもったいなくも断りおったのだ」

「ほう……」

「同心にしちゃ、ずいぶんお堅えな。さすが忠吉っつぁんのせがれだ」

「ただし、その代わりとして、息子の武造に与力株を買い与えることを許してもらいたいと願い出たそうだ。なんとも恐れ多いことを」

「へっ、与力株？」

「忠吉の孫にか？」

「武造めも、その気ではあるようだが……」

「おかしな御時世になったもんだ。岡っ引きから同心……んで、与力かよ。出世魚みてえな一家だな」

「まあ、目出度いことではないか」

「う、うむ……」

　忠吉としては、釈然とはしていないようであった。

「忠吉っつぁん、なにが胸につっかえてんだ？　せがれは、てめえの身銭で買うってんだろ？　かまわねえじゃねえか」

「しかし、いつのまに、そのような大金を……」

「吉二ではないか？」

　金貸しを生業にしていた忠吉の次男のことである。

「あれは〈大名貸し〉の貸し倒れで無一文になったはずだ。兄の吉嗣に用立てるような金などあるはずもない」

「おや、忠吉は聞いておらぬのか？　その吉二は、あれから瓦版の読売をはじめて、ずいぶん稼いでおるというぞ」

「なんと……」

忠吉も初めて知ったらしい。

弾七郎は笑った。

「おう、読売なんて稼業は、いかがわしいもんさ。大名や商人のあくどい噂でも漁って、どこかへ売ったんじゃねえのか？」

「まさか。そうだとしても、どこへ？」

「瑞鶴堂であろうな」

そう答えたのは雄太郎であった。

「藤次郎……そうか、御庭番……」

忠吉も、ようやく腑に落ちたようだ。

「あるいは、小春殿の入れ知恵か。それも親心というものであろう」

「う、ううむ……」

忠吉は脂汗で額を光らせた。

ただの勘ぐりかもしれないが、まんざらあり得ないわけでもない。藤次郎は小春の血縁でもあるのだ。

忠吉は、身内の話がきな臭くなってきたことに困ったのか、

「おお、そうであった。すっかり忘れておった。紀伊の大殿から、弾さんへの預かり

ものがあったのだ」

と穂先をすり替えてきた。

そこは弾七郎も乗ることにした。

「へえ？　その風呂敷かい？」

忠吉の足元に、これ見よがしに置かれていた大きな風呂敷の包みが、さっきから気にはなっていたのだ。

包みの中は読本であろう。

しかも、一冊ではなさそうだ。さすがは御三家。けちなことはしない。弾七郎は、舌なめずりをした。

さっそく風呂敷の包みを開き、

「うお！」

と弾七郎は歓喜の叫びを放った。

「恋川春町！　朋誠堂喜三二！　そいから、大田南畝に山東京伝と……おっと、石部琴好までありやがらあ」

寛政のころ、発禁の憂き目に遭った黄表紙たちだ。懐かしさに目尻が下がった。日焼けもシミもない驚くばかりの美本揃いである。

「ありがとうよ！」

治宝公は、弾七郎との約束も忘れていなかったのだ。

だが、その中に青い表紙が一冊混ざっていた。

「ん？　んんん？」

どこかで見たことのある気がして、弾七郎は頭の中をまさぐった。

雄太郎と忠吉も、それに眼を留めたようだ。

「ふむ、狂歌集らしいな」

「湯針一升（ゆばりいっしょう）……狂名にしてもひどすぎるな」

「あ……！」

弾七郎もすっかり想（おも）い出し、顎の先まで真っ青になった。

若かったころの弾七郎が、余興で作った狂歌たちである。それを芝居の贔屓筋が気に入って、酔狂にも版元に持ち込んで刷らせたものであった。たいして売れはしなかったが、地本問屋（じほんどいや）にも並べられたことがある。

もちろん、御三家が買い求めるような代物ではない。荒れ屋敷に遺（のこ）されていた一冊にちがいなかった。元許婚（いいなずけ）が買っていたのか、櫻井某（さくらいなにがし）が気に入っていたのか、いまとなっては知る術（すべ）もないが……。

（あの腐れ爺！）

若気の至りに顔を熱くし、老役者は脂汗を流すばかりであった。

三

さて――。

弾七郎は忙しい。

季節外れの狂い咲きか、昨日は芝の増上寺までお呼びがかかったかと思えば、今日も今日とて神田明神の小屋掛け芝居にやってきた。幸いにも風は涼しく、ようやく秋らしい日和となっている。

「あり？」

弾七郎は、ぴたりと動きを止めた。

舞台上で洋太と軽妙な掛け合いをしていただけに、客席もざわりとする。洋太は酔七の主人だが、もとは野良の役者でもあった。小屋掛け芝居で役者が足りないということで、弾七郎が端役に引っ張り込んだのだ。

「洋太よう、次なんだっけ？」

「親父(おやじ)さん、まさか台詞(せりふ)を忘れちまったんですか」

「おうよ」

だが、ふたりとも話の主筋に絡(から)むほどの役でもなく、弾七郎は当意即妙に台詞を変えてしまう口だから、その場凌(しの)ぎの芝居を繋(つな)ぐことでなんとか事無きを得ることができた。

出番を終え、逃げるように舞台袖(そで)へ引っ込む。

(こりゃ、いよいよ惚(ぼ)けちまったか)

てめえでてめえが心配になってきた。

そんな弾七郎に——。

どういうわけか、またもや大舞台への誘いが舞い込んできた。

舞台の裏手に、粋(いき)な小袖(こそで)姿の若衆(わかしゅ)が、しゃなりと柔らかな腰つきでやってきたのだ。

「弾七郎さん、ご無沙汰(ぶさた)しております」

次の出番を待ちながら、寝転んで古い黄表紙を読み耽(ふけ)っていた弾七郎は、どこかで見覚えのある顔に眼を細めた。

「おう、お信(のぶ)かい。ひさしぶりじゃねえか」

「あい」

にっこりと若衆は笑いかけてきた。

木挽町の芝居一座で、女形の修業をしている信夫であった。父は由利乃介という弾七郎も知っている野良の役者である。

女で身を持ち崩す前は、由利乃介もよい芝居をする色悪であった。その血をひいて、信夫も華のある役者に育ちつつある。

歳は十六あたりであろうか。昨年よりも、わずかに背が伸びているが、しなやかな肢体に形のよい小さな尻をしている。瞳は黒く濡れ、花びらのような唇は若衆姿であっても男を惑わしそうであった。

「んで、なんの用だえ？」

神田までわざわざ訊ねてきたということは、すでに長屋や酔七にもまわった末のことなのであろう。

「梅之助の親父さんから、弾七郎さんをお呼びするようにと」

「おやっさんが？」

弾七郎が役者になろうと決意して、真っ先に転がり込んだ座頭だ。なにかと世話になった恩人中の大恩人である。

呼ばれたとなれば、なにを置いても馳せ参じなくてはならなかった。

信夫に案内されて、弾七郎は木挽町の入谷座へむかった。

日本橋と京橋を渡り、木挽橋で三十間堀を渡った南河岸だ。

木挽町には芝居町がある。江戸三座のひとつとされる森田座もあれば、森田座の代興行を務める河原崎座も控えている。

入谷梅之助が率いる入谷座は、狂言芝居を得意とする小一座であったが、むくむくと客足を伸ばしたのは人情芝居を手がけるようになってからであった。

江戸前の尖った笑いを好む粋客は遠のいたものの、悲恋や心中物で涙を絞りたい女客が贔屓につき、いまでは木挽町の片隅にそれなりの小屋を構えるほどには成り上がっている。

「弾七さん、よくおいでなすった。こんなみっともねえ格好で悪いが、ほんとうによくおいでなすった」

梅之助は、床につきながら、懐かしそうに眼を細めた。

歳は七十を越えているはずだ。頭は見事に禿げ上がっているが、これは三十年も前からそうであった。しかし、重い病にかかっているのか、眼が黄色く濁り、頬の肉は傷んだ饅頭を貼り付けたように弛み切っている。

「おやっさん、まだ生きてやがったか。驚いたねえ。しぶといじゃねえかよ。まったく、見上げたもんだ」

弾七郎は、挨拶代わりの悪態をついた。

けっ、と梅之助はうれしそうに口元をゆるめる。

弾七郎は、さらに憎まれ口をたたいた。

「なにしろ、ずいぶん舞台に呼ばれてねえ。おやっさんがおれを忘れるはずもねえから、とっくに逝っちまったのかと心配してたんだぜ」

半ば本気であった。

入谷座が狂言を減らしてからは、弾七郎にもさっぱり声がかからなくなり、こうして顔をあわせるのもひさしぶりであったのだ。

にたり、と梅之助は笑った。

「おまえさん、居酒屋はじめたろ？」

「お、おうよ」

「見世を持ちゃ、ひとまず日銭は稼げる。それに、おまえさんの女房が評判の戯作者ってんだから、いよいよ世話することもなかろうと、こっちは肩の荷を降ろしてたんだよ」

ちょっ、と弾七郎は舌打ちした。

お葉のことを出されると、憎まれ口もたたきにくい。

「それとはべつにな、弾七さんのことはよく耳に入ってくる。四谷の荒れ屋敷じゃ、ずいぶん賑やかにやったそうだね」

「な、なんで知ってやがんだ？」

弾七郎は驚いて背筋を伸ばした。

大名のお忍びを市井の者が耳にしているはずもないのだ。

「あそこの仕掛けはな、うちも道具方が手伝ってんだよ。よくできてたろ？」

「へえ、おやっさんとこの仕事だったのかよ。こいつは驚いた。紀伊の御隠居と昵懇なのかい？」

「なあに、悪戯を頼むには、入谷座くらいがちょうどよい按配だったというだけさ。小さな一座や見世物小屋だと安心して任せられねえ。かといって、三座のどれかに話を持ち込むと事が大きくなりすぎる」

「ふん、そんなもんかい？　おいおい、まさか話ってのは、その絡みじゃねえだろうな？　こちとら面倒は御免だぜ」

「ちがうよ。そうじゃねえんだ」

「なんだよ。はやくぶっちゃけな」

弾七郎はせかした。

梅之助の病は、思ったよりも重いのかもしれない。若いころは滑稽（こっけい）な芝居を得意としていた話術の達者が、いまは声も弱々しく、ぽつりぽつりと話すだけで息を切らしている姿を見るのは弾七郎にしても辛（つら）い。

はやく用事を済まして、安静にさせてやりたかった。

「おうよ。あたしも歳だ」

「んなこたあ見りゃわかるぜ」

「まあ、黙って聞いておくれ」

すぅ、と梅之助は息を吸った。

「弾七さん……あんた、まだ役者やってんのかい」

「おりゃ、死ぬまで役者だぜ」

「ああ、因業（いんごう）なもんだねえ。役者なんざ、おまんまの心配がなかったら、たいして売れもしねえのにつづける稼業じゃないが……」

しみじみと告げられて、思わず弾七郎も逆上してしまった。

「うるせえよ！　まったく、口の減らねえ死に損ないだぜ」

「それだ。その死に損ないさね」

「あん?」

「あたしゃ、いよいよ死期を悟ったね。うん、悟りなすったよ。死神がちらちら見えてんだ。そりゃ覚悟もするさね。そこでだ。おめえさんを、せめて一度だけでも大舞台にあがらせたくてな。親心だよ」

「な、なんだと……」

弾七郎は、いきなりのことに絶句した。

四

夕暮れの風は涼味を含んでいた。

「うむ、秋らしくなってきたではないか」

湯屋の二階でくつろぎながら、雄太郎がうれしそうにつぶやいた。

弾七郎は、静かに猪口(ちょこ)の酒を舐(な)めている。矮軀(わいく)を丸め、鬱(うつ)を含んだ顔つきで、はやくも眼が据(す)わりはじめていた。

やがて、忠吉もひとり遅れて階段を上がってきた。汗と埃(ほこり)を湯で洗い流して、さっぱりとした顔をしている。

「弾さん、わかったよ」

「おう、どうだった？」

弾七郎はせかして訊いた。

「わしが調べたところでは、入谷座の興行は悪くないようだ」

「へえ、儲かってんのか？」

「ま、ほどほどってとこだな」

「耄碌した主役を据えるほど追いつめられておらぬということか」

「雄さん、そんなとこだ」

「うるせえよ。てめえら、たいがいにしやがれ」

弾七郎の悪態にも、どこか勢いがない。

大恩人から晴れの舞台に立たせてやると告げられて、弾七郎は年甲斐もなく舞い上がった。が、はじめの昂ぶりから醒めてみると、本来あり得ることではなく、あまり得心できる話でもなかった。

役者となれば、誰だって主役は張りたい。

一座の役者はいくらでもいるというのに、いくら座頭の古馴染みとはいえ、どうして野良の老役者に出る幕があるというのか。一座の者がたやすく承服するはずもなく、座頭に叛旗を翻してもおかしくはなかった。

いざ稽古へと乗り込んでみたところ、やはり一座には熱意がない。弾七郎への態度もよそよそしく、はっきりと嫌うほどではないにしても、どこか遠巻きに接してくるばかりであった。

弾七郎も海千山千の老役者である。華はなくとも、芸歴と顎先は長い。この歳まで舞台で飯を食ってきた。傍若無人には見えても、人の心を察することができなければ客席を沸かすことなどできないのだ。

だから、すっかり困り果てた。

こんなことでは、まともな舞台にはなるまい。幕を上げたとしても、脇役や裏方が白けた芝居など客にとって面白いはずがないのだ。

そこで、忠吉を頼って、裏の事情を調べてもらったのだ。

「それで、なにゆえ弾七が主役という柄にもないことになったのだ?」

雄太郎が訊き、忠吉はうなずいた。

「ああ、どうやら一座の跡継ぎについて悶着があったようだ」

弾七郎は小首をかしげた。

「入谷座は、おやっさんのせがれが継ぐはずだったが、病で若死にしちまってたな。

でもよ、娘がひとりいて、看板役者の竹之丞っていう色男を婿にとったはずだぜ」

「ならば、その竹之丞が主役を張ればよかったのではないか？」

「それがよぅ、このあたりで初心に立ち返って古い狂言芝居をやるんだって、おやっさんも死に際のくせに大張り切りよ。いまの入谷座にゃ、狂言の息を心得た役者なんざいねえんだ」

「そこで、弾七に白羽の矢が立てられたということか」

「おう、そういうこった」

しかし、と忠吉が声をひそめた。

「梅之助は、竹之丞が気に入ってないようだな」

「あ？　なんでだよ？」

「孫娘が竹之丞にべた惚れで、どうしても添い遂げられなければ死ぬのなんのと大騒ぎであったらしい」

雄太郎が鼻を鳴らした。

「ふむ、可愛い孫娘を奪った役者には一座を譲りたくないということか。わしにはよくわからぬが、もし忠吉のせがれが早世して、孫が朔しかいなかったとすれば……」

「雄さん、恐ろしいたとえはよしてくれ」

忠吉は寒気がしたように身震いした。

弾七郎も呆れて嘆息した。

（つまるところ、おやっさんがひとりで勝手に錯乱してるってことかよ）

孫どころか、子供さえ生せなかった弾七郎である。梅之助の気持ちがわかるのかと問い詰められれば、金輪際わかりゃしねえ。

だが、一座の看板を張ってきた役者が婿入りしたのだ。気に入るとか気に入らないとかではあるまい。一座の先行きを考えれば、悪い始末でもないはずであった。すっかり耄碌して、事の是非を見失っているとしか思えなかった。

お人好しで、飄々とした座頭は、どこへいってしまったのか。若い弾七郎に浮世の愉しみを教えてくれたのは梅之助であったのだ。

（まったく、やりきれねえ）

とはいえ、もう一枚裏の幕も弾七郎には覗けるような気がした。

こればっかりは、頭の先までどっぷりと芝居渡世に浸かった老役者でなければわからない機微である。

梅之助は、狂言を棄てたくはなかった。しかし、人情物をやらなければ、木っ端の一座が飛躍できないこともわかっていた。

生来の狂言好きだけに、かなりの覚悟であったはずだ。迷って迷って、さんざん迷い抜いた末に、身を刻む思いで断ち切った。

さぞや辛かったことであろうが、その甲斐もあってか、客足は面白いほどに伸びていく。大一座とまではいかなくとも、押しも押されもせぬ座元のひとりとなり、満を持して木挽町へ乗り込むほどになった。

そうなったとき、昔の夢が老いた胸に蘇ったのであろう。

狂言芝居の舞台を興行して、わっ、どどっ、と客席を弾けさせたときの恍惚を、ふたたび味わいたくなったのだろう。

狂言で色男は頼りにならず、それも気に入らなかったのか……。

いや、ちがうはずだ。

梅之助の本音は、みずから舞台に立つことであった。しかし、もはや自力では歩くことすらままならない。だから、せめて、あのころの狂言芝居を老骨に染みつかせている弾七郎に任せたかったのであろう。

(でもよぅ、おやっさん)

そりゃ、了見がちがうんじゃねえか……。

上手く言葉にはできないが、弾七郎はそう思うのだ。

役者は、あくまでも客席を相手にするものだ。

てめえひとりの妄執や執着でやるものではなかったはずだ。

老いとは、そんなことすらわからなくさせてしまうのか……。

「やめだ!」

弾七郎は叫んだ。

驚いたように、ふたりの悪友がふり返る。

「弾さん、どうしたね」

「決めたぜ。おりゃ、あの舞台には上がらねえ」

「弾七、芝居に出ないつもりか?」

「おうよ!」

忠吉と雄太郎はシワ深い顔を見合わせた。

「なに、ごねて見せてるだけだ」

「ああ、いつものあれか」

「ちょっ」

好き勝手にほざきやがって……。

弾七郎は眼を吊り上げて吠えた。

「とにかく、おらぁ、やんねえぞ！」

「わかったわかった。弾七の好きにするがよい」

「もう陽(ひ)も落ちたし、わしらは先に帰るよ」

「おう、とっとと帰んな」

　悪友どもに背をむけ、弾七郎はうつむいた。

『あたしゃあ、若(わけ)えあんたが怖かったんだよ。お武家の出のくせに、すげえ役者だと思ったのさ。生れながらの狂言役者だよ。だから、あたしゃ……もう狂言から手を引きたかった。でなけりゃ、入谷座はあんたに食われちまってたからな。だから、だから……こいつは、あんたへの償(つぐな)いだと思ってくれてもよいのさ』

　枕元に弾七郎を呼んで、こんなことを口走るほどに梅之助は老いぼれていた。涙ぐみながら、顎の裏をぽりぽりと指先でかきながら……。

　それが、どうしようもないほどに哀しかったのだ。

五

　芝居の初日は、見事な秋晴れであった。

「おまえさん、いきますよ」

「おうよ」

忠吉と小春は、そろって同心屋敷を出た。

九十坪ほどで、与力屋敷のように冠木門はない。粗末ながら手入れの行き届いた木戸を抜けると、ううん、と忠吉は背伸びをした。

「お爺、お婆、遅いぞ」

外では朔と武造が待っていた。

吉嗣は同心のお役目で朝から出かけ、嫁のお兼は芝居町通いには懲りたらしく、今日は屋敷での留守番であった。

「いそぎましょう。席がなくなるといけません」

武造が、親譲りの分別臭さで一行をうながした。

松幡橋を渡って、河岸沿いをぞろぞろと歩き、つづいて白魚橋も渡った。三十間堀の水音を聞きながら木挽町へと近づいていく。

紀伊国橋の手前で、悪友とその妻子の顔を見つけた。

「おう、忠吉」

「雄さん、よい天気だね」

「お琴さん、ずいぶんお腹が大きくなりましたね」

小春に膨らんだお腹を見られ、お琴は小娘のように含羞んだ。盛り場の鉄火女も、ずいぶんかわいらしくなったものである。

「ええ、おかげさまで」

「出歩くのも難儀であろうから、長屋でおとなしくしておれといったのだが」

「いいえ、弾七さんには世話になりましたし、どうしても観たくて、この人に無理をいってしまいました」

「雄さん、道場の若先生まで連れてきたのかい」

忠吉が、朔と話している勘兵衛のほうへ顎をしゃくった。

「先生、今日の芝居は楽しみですね」

「う、うむ……」

勘兵衛は、朔の無邪気な笑顔を眩しそうに見つめていた。

「忠吉、そういうことだ」

「なるほど」

と二匹の爺はうなずきあった。

「お祖父さま」

と武造が、橋を渡った先の芝居町を指先で差した。

「あれは、お葉さんと洋太さんではありませんか？」

「うむ、ちがいない」

おーい、と忠吉が声をかけると、ふたりはふり返った。洋太がお辞儀を返し、お葉は朗らかに手をふってきた。

身重のお琴を気づかいながら、紀伊国橋をゆるりと渡って追いついた。

「弾七は先にいったのか？」

雄太郎の問いに、お葉は微笑んで小首をかしげた。

「さて……なにしろ、もう幾晩も酔七に寄りついてませんからねえ」

「帰ってない？」

忠吉も、これには驚いた。

「弾さんが出ないとなれば、芝居はどうなる？」

「入谷座としては、なんとしてでも舞台を開けねばならぬ。竹之丞という娘婿がやるしかあるまい。弾七としては、それが狙いなのかもしれぬが」

「てことは、弾さんは……」

「しかし、そこを外すのも弾七よ」

「だな。……いや、どっちなのだ？」

忠吉が困惑していると、小春が口を挟んできた。

「出ますよ。弾七さんは、そういうお人です」

「さすがお婆だ！」

と朔が持ち上げ、ふふ、と小春は笑った。

なにが、さすがなのやら……。

忠吉には、いよいよわからなくなってきた。

木挽町の一丁目、二丁目、三丁目と通りすぎ、四丁目の東に講釈師や浄瑠璃(じょうるり)などで賑わう采女(うねめ)ヶ原(はら)が見えてきた。

勘兵衛が足を止め、集まっている破落戸(ごろつき)どもを鋭い眼でにらんだ。

「……見たことのある顔ぶれだな」

「先生、どうされました？」

「ああ、芝居屋に押しかけては、無体に暴れるろくでもない奴らがいる。まさかとは思うが、念のために見張っておいたほうがよかろう」

「では、わたしもごいっしょに」

「朔殿、かたじけない」

ひと暴れできそうな匂いを察して、雄太郎も眼を輝かせた。

「ならば、わしも――」

「父上は、身重の義母上を護らねばなりません。それが夫の……いえ、男としての役目ではありませぬか」

「ま、勘兵衛さん……」

「う、ううむ……」

お琴は義理の息子からの気遣いに眼を潤ませ、雄太郎は二の句を継ぐこともできずに口元を悔しそうに引きむすんだ。

にやり、と勘兵衛は笑った。

「それに、こういうことは若いものに任せていただきたい」

「お爺、腰の喧嘩煙管をお借りしたい」

「う、うむ」

忠吉から喧嘩煙管を受けとると、朔は声を弾ませて勘兵衛をせかした。

「藪木先生、ゆきましょう」

勘兵衛が肉厚の肩をゆすりながら破落戸どもへと歩みはじめ、朔も嬉々としてそれについていった。芝居が荒らされる危険がなくとも、みずから喧嘩をふっかけかねない気組である。

「姉上がやりすぎないよう、私も検分役としていってきます」

　武造も、ふたりの若い剣士に同行した。

　残った六人は、いよいよ芝居町に足を踏み込んだ。

「あ……」

　その声に忠吉がふり返ると、小春の鼻緒が切れたようであった。

「雄さん、先にいってくれ。すぐに追いつく」

「わかった」

「小春さん、またあとで」

「あい、ちゃんと席はとっておきますよぅ」

「この身体を張って、おふたりの場所は空けておきますぜ」

　四人を先にいかせ、小春とふたりになった。

「さて、どこかに……」

　忠吉が紐に使えそうなものを探していると、

「おまえさん、背負ってくださいな」

　と小春が眼を細めて甘えかかってきた。

「お、おう……」

忠吉はうなずき、背をむけてしゃがみ込んだ。

照れ臭いやら、うれしいやらで、シワ深い顔が火照った。


そのころ――。

弾七郎は、内藤新宿でくすぶっていた。

居酒屋で主人の迷惑顔も省みず、朝まで酒を呑んでいたのだ。

古町長屋にも、酔七にも戻りたくなかった。呑んで呑んで呑みつづけた。この夏は役者稼業で忙しかったため、呑み歩くだけの小銭は懐にあった。

なにかを諦めるときは、いつもそうしてきたのだ。

お葉と洋太ならば、そんな老役者になにもいわないことはわかっていた。が、いまは身内の優しさすらも辛かった。

酔っぱらいすぎて、舞台の日に起きられなかった。そういうことにしよう。江戸中の座頭から剣突くらわされそうだが、なんてこともない。

弾七郎の代役で、大恩人の娘婿が舞台に上がる。

それでよいのさ、と弾七郎は思うのだ。

老いた役者に華やかな舞台は似合わない。花道など若いものに譲り、ひっそりと消えていくのが美しいのだ。

「……おりゃ、野良でよいのさ……」

だが、一世一代の晴れ舞台を見送って、平気の平左でいられる役者はいない。狂おしく恋い焦がれた花道をみずから手放したのだ。胸のうちは後悔や辛苦でじくじくと腐っていく。眼は狂気で血走り、食いしばった奥歯が砕けそうに軋む。

しかし、やせ我慢で見栄を張る。

それが弾七郎の伊達と酔狂——。

「……んあ？」

酒精が渦巻く頭の中で、なにかが閃いた。

「およ？　およよ？」

そうではない。

役者とは、芝居とは、もっと楽しいものだ。

役者の酔狂とは、そんな浅いものではないはずだ。

（……だったらよぅ？）

どうするべきなのか？

なにをするべきなのか？

「へっ……そうかよ！」

老役者の双眸が、悪童のように輝いた。

ここは内藤新宿だ。

馬子が集まる宿場町なのである。

六

小屋は大入りの盛況であった。

雄太郎たちは、かろうじて升席をとれたが、あとからあとから客が押しかけて、入り口のほうは黒山の人だかりである。

忠吉と小春はあとで追いつくといっていたが、この混雑において合流することは至難であろう。それでも、はしっこい忠吉のことだから、どこかで観ているにはちがいなかろうが……。

やがて、幕が開いた。

主役も出てきたが、それは弾七郎ではなかった。

「ああ……」

雄太郎の隣で、お琴が吐息を漏らした。

洋太は蒼白な顔で、ぐっと唇を噛みしめている。

お葉は、穏やかに眼を閉じていた。気落ちした様子がないのは、とうに諦めていたのか、それとも、なにかが起きると信じているのか……。

（ええい、弾七め！　疾く来ぬか！）

雄太郎は、それでも友垣の出番を待ちつづけた。

武造の諦観は、悟りの域に達していた。

（……やはり、こうなってしまうのですね）

采女ヶ原に集まっていた破落戸は、勘兵衛と姉の望みを叶えるように、入谷座へと肩をいからせながらむかってしまったのだ。

芝居がはじまってからでは迷惑になる。

小屋へ入る前に、勘兵衛が破落戸の頭目と見定めた髭男に声をかけた。あからさまに喧嘩をふっかけたのだ。はなから暴れる気でいただけに、破落戸は枯れ草に火を放つがごとく殺気を燃え立たせた。

「なんだ、こいつら？　頭のタガが壊れてんのか？」

破落戸は八人ほどいた。

だが、それで怯む勘兵衛と朔ではない。

「問答無用！」

景気付けに、勘兵衛が手前のひとりを殴り倒した。

なぜ喧嘩をふっかけられたのか、破落戸にもわからなかったであろう。乱闘になった。何人かが棒手振の天秤棒を奪いとって勘兵衛に襲いかかろうとしたので、姉の朔が喧嘩煙管をふるって容赦なく叩きのめしてしまった。

「この女、なにしやがんだ！」

問うだけ無駄というものだ。ただ姉は暴れたいだけなのだ。破落戸の戸惑いもわからなくはないが、武造も一味と見做されて殴りかかられ、憐憫の情を催すどころではなくなってしまった。

そこへ、とんでもないものが乱入してきた。

「おう、そっちじゃねえ！　あっちだ！」

聞き覚えのあるしゃがれ声だ。

ふりむくと、暴れ馬がこちらにむかってきた。背後を襲われた破落戸が、馬の脚に蹴られて情けない悲鳴を放った。

馬の首ったまにしがみついている老人こそ――。

（弾七郎さん！）

驚いた武造の頰に、破落戸の拳が叩きつけられた。


暴れ馬が花道へ駆け込んできた。

この珍事に客席は大騒ぎだ。

入り口に近い者は升席へと転がり、小屋の中は阿鼻叫喚の巷と化した。見たところ、たいして怪我人は出ていないようであったが、客が恐慌を呈していることはまちがいなかった。

その首謀者は――。

「いよぅ！　待たせたな！」

ずどん！

巧みに馬を操りながら、弾七郎は馬上筒を天井にむけて撃った。まさか鉛の玉は込められていないのだろうが、またもや客席は度肝を抜かれた。

「弾七め！　やりおったわい！」

雄太郎が快哉（かいさい）を叫んだ。

弾七郎、渾身（こんしん）の大酔狂である。

「よう！　親父さん、待ってたぜ！」

「弾ちゃん！　弾ちゃーん！」

洋太とお葉が、すかさず掛け声をあげた。

その間合いが絶妙で、客の動揺をわずかに鎮めた。

奇天烈（きてれつ）も度が過ぎると人の理性を麻痺（まひ）させる。馬を乗り込ませたのも、一座の仕掛けだと無理やりに納得してしまったのかもしれない。舞台は面白ければよい。愉（たの）しむために木戸銭を払ったのだ。

弾七郎が飛び降りると、馬はひひんといなないて小屋から駆け去った。

わっ、と客席が沸いた。

「へっ、こういうのァ、いっぺんやってみたかったんだよな」

にっかり、と弾七郎は笑った。

面長の顔を顎先まで白塗りにして、奇矯（ききょう）な隈取（くまど）りを描いていた。酉市の熊手（くまで）のように髪が四方に伸びた大百日（おおびゃくにち）カツラ。天鵞絨（びろーど）の着物に金襴（きんらん）どてらを矮軀にまとい、刀の代わりに馬上筒を腰に差している。

不敵な老役者は、客の眼を集めながら花道をゆったりと歩み、舞台上で立ちすくんでいる主役と対峙した。

「だ、弾七郎さん……」

竹之丞は顔をひきつらせていた。

さもあろう。

土壇場で舞台に上がることを拒んだ老役者が、なにを思ったのか、騒々しくも花道から登場したのだ。

「さあて、派手にやらかそうかい」

弾七郎は眼を剝き、威勢よく見栄を切った。

雄太郎は治宝公の言葉を思い出していた。

『隠居のくびきを自力で解いてこそ、一人前というものではないかな』

その通りだ！

弾七郎は、若い主役と対決するためにやってきたのだ。

文句がありゃ、芝居の実力で引きずり下ろしな。それが舞台の掟ってもんさ。

老役者の気組が、そう熱く語っていた。

「弾さんだ！　おい、弾さんがきたぞ！」

　忠吉は年甲斐もなく興奮していた。

　遅れて小屋へ入ったため、雄太郎たちが座っている升席にはたどり着けなかったが、小春を背負ったまま水入らずで芝居を観ることはできた。

「小春？」

　忠吉は、背中の恋女房を軽くゆすった。

　答えは返ってこない。

「おい、寝てしまったか……」

　その身体は羽根のように軽かった。

「小春や……」


　竹之丞は、芝居を壊されまいと必死に食らいついていた。とうに筋など見失っている。傍若無人な弾七郎にふりまわされながら、客席の沸き具合だけを頼りに、綱渡りのような芝居をつづけていた。

　弾七郎の痩せた背中に怒気が刺さっている。病床から這い出てきた梅之助が、鬼の形相で舞台の袖からにらんでいるのだ。

弾七郎には、梅之助の考えが手にとるようにわかった。

これでは芝居が壊れてしまう。せっかくの舞台がめちゃくちゃになってしまう。ここまで大きくしてきた入谷座が終わってしまう。弾七郎め！　なんということをしてくれたのだ！

あの恩知らずめが！

（だがよう、おやっさん）

了見違いだぜ、と弾七郎は笑った。

はっ、と竹之丞が眼を見張った。

弾七郎と対峙しているだけに、梅之助よりも先に気づいたのだ。

これほど無茶を繰り返しても、舞台の芝居は壊れていなかった。たとえ竹之丞がしくじっても、弾七郎が当意即妙の笑いに仕立て直す。筋が危うく崩れる寸前で、どっと客席が大きく沸いた。

まさに天衣無縫（てんいむほう）――。

これぞ老役者の真骨頂（しんこっちょう）！

「弾七……おめえってやつは……！」

梅之助のうめき声が聞こえた気がした。

大恩人も気づいてくれたのだ。

だから、泣いていた。男泣きに泣いていた。

そして、弾七郎は、ますます浮かれ狂った。

浮かれ浮かれて、舞台の浮世を楽しんでいた。

ドドン、ときて、ズンとくる。お次は、タタン、だ。これがたまらねえ、これが舞台だ。芝居だ。役者の法悦だ。

(どうでえ! 雄の字! 忠吉っつぁんよぉ!)

だが――。

弾七郎は、ふいに身震いした。

薄暗い客席の隅で、若返った小春を見た気がしたからだ。弾七郎が一目惚れしたときの初々しい町娘の姿であった。

(おいおい、まさか、これも夢だってんじゃねえだろうな? ……まあいいか。夢でもいいじゃねえか。人の世ってのは、芝居とおんなしさ。みんな、みんな、夢みてえなもんじゃねえか)

なら、えんりょするこったねえ。

この世は物語である。

一夜の夢である。浮かれ、浮かれよ……。

朔は、ぼんやりと空を見上げていた。

破落戸は逃げ散っていたが、薄暗い芝居小屋に入る気にはなれず、入谷座のむかいにある茶屋の床几(しょうぎ)に腰をおろしていた。

殴られて気を失った弟の頭を膝に乗せ、それを勘兵衛がうらやましそうに眺めていることにも気づいていなかった。

無心で空を眺めていた。

気持ちのよい秋晴れだ。

魂が吸い込まれそうな蒼(あお)い空であった。

どっ、どっ、どでん……。

どでん。

太鼓の音が、なぜか物悲しく響いていた。

本書は時代小説文庫（ハルキ文庫）の書き下ろし作品です。

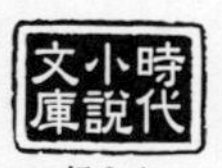

に9-4

つわもの長屋 弾七郎夢芝居

著者　新美 健

2017年9月18日第一刷発行

発行者　角川春樹

発行所　株式会社 角川春樹事務所
〒102-0074 東京都千代田区九段南2-1-30 イタリア文化会館

電話　03(3263)5247[編集]　03(3263)5881[営業]

印刷・製本　中央精版印刷株式会社

フォーマット・デザイン&シンボルマーク　芦澤泰偉

ISBN978-4-7584-4118-6 C0193

http://www.kadokawaharuki.co.jp/[営業]

fanmail@kadokawaharuki.co.jp[編集]　ご意見・ご感想をお寄せください。

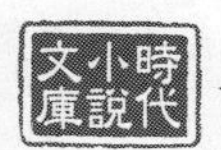

ハルキ文庫

新装版 異風者（いひゅもん）

佐伯泰英

異風者——九州人吉では、妥協を許さぬ反骨の士をこう呼ぶ。
幕末から維新を生き抜いた一人の武士の、
執念に彩られた人生を描く時代長篇。

新装版 悲愁の剣 長崎絵師通吏辰次郎

佐伯泰英

長崎代官の季次家が抜け荷の罪で没落——。
お家再興のため、江戸へと赴いた辰次郎に次々と襲いかかる刺客の影!
一連の事件に隠された真相とは……。

新装版 白虎の剣 長崎絵師通吏辰次郎

佐伯泰英

主家の仇を討った御用絵師・通吏辰次郎。
長崎へと戻った彼を唐人屋敷内の黄巾党が襲う!
その裏には密貿易に絡んだ陰謀が……。シリーズ第二弾。

新装版 橘花（きっか）の仇（あだ） 鎌倉河岸捕物控〈一の巻〉

佐伯泰英

江戸鎌倉河岸の酒問屋の看板娘・しほ。ある日父が斬殺され……。
人情味あふれる交流を通じて、江戸の町に繰り広げられる
事件の数々を描く連作時代長篇。

新装版 政次、奔（はし）る 鎌倉河岸捕物控〈二の巻〉

佐伯泰英

江戸松坂屋の隠居松六は、手代政次を従えた年始回りの帰途、
刺客に襲われる。鎌倉河岸を舞台とした事件の数々を通じて描く、
好評シリーズ第二弾。
